UN GRAN EQUIPO

RACHEL BAILEY

D1070270

Editado por Harlequin Ibérica.
Una división de HarperCollins Ibérica, S.A.
Núñez de Balboa, 56
28001 Madrid

© 2014 Rachel Robinson
© 2015 Harlequin Ibérica, una división de HarperCollins Ibérica, S.A.
Un gran equipo, n.º 2046 - 10.6.15
Título original: The Nanny Proposition
Publicada originalmente por Harlequin Enterprises, Ltd.

I.S.B.N.: 978-84-687-6037-7
Depósito legal: M-7983-2015
Impresión en CPI (Barcelona)
Fecha impresion para Argentina: 7.12.15
Distribuidor exclusivo para España: LOGISTA
Distribuidor para México: CODIPLYRSA
Distribuidores para Argentina: Interior, DGP, S.A. Alvarado 2118.
Cap. Fed./Buenos Aires y Gran Buenos Aires, VACCARO HNOS.

Capítulo Uno

Liam Hawke frunció el ceño. Lo que la persona al otro lado de la línea acababa de decirle no tenía sentido alguno.

—¿Señor Hawke? ¿Sigue usted ahí?

—Sí. Espere un momento, por favor —respondió, y se salió al arcén de la carretera para detenerse.

Su hermano, que iba sentado junto a él, lo miró y enarcó una ceja.

—Escucha esto —le dijo Liam en voz baja, y pulsó el botón del altavoz del teléfono móvil.

—¿Podría repetir lo que ha dicho?

—Soy una matrona del hospital Sacred Heart, y estaba diciéndole que es usted padre de una niña; enhorabuena —respondió la mujer.

Liam volvió a fruncir el ceño y Dylan puso los ojos como platos.

—Su hija, Bonnie, nació hace dos días, y aún está aquí, con su madre —continuó la mujer—. Por desgracia hubo complicaciones después del parto, y me ha pedido que me ponga en contacto con usted. Será mejor que venga cuanto antes.

Liam se desabrochó el primer botón de la camisa, que de repente parecía estar asfixiándolo.

Tenía que tratarse de un error. Los bebés no aparecían de la nada así, por arte de magia.

Liam tragó saliva y le preguntó a la mujer:

–¿Seguro que no se equivoca de persona?

–¿Es usted Liam John Hawke? –inquirió ella.

–Sí.

–¿Y ha tenido una relación con Rebecca Clancy?

–Sí –si es que a lo que había habido entre ellos se le podía llamar relación–, pero no estaba embarazada cuando rompimos.

Claro que de eso hacía bastante, pensó, intentando recordar cuánto tiempo hacía de la última vez que se habían visto. ¿Ocho meses? Tal vez sí fuera posible que aquel bebé fuese suyo, pensó, sintiéndose incómodo. Entonces cayó en la cuenta de algo que había mencionado la matrona.

–Ha dicho que había habido complicaciones después del parto. ¿Está bien Rebecca?

La mujer se quedó callada un momento.

–Creo que sería mejor que hablásemos de eso en persona.

–De acuerdo; voy para allá –dijo él, y colgó.

Mientras volvía a incorporarse a la carretera, Dylan sacó su móvil.

–Llamaré a los demás para cancelar la reunión.

–Gracias –contestó Liam.

Cuando Dylan colgó, giró la cabeza hacia él y le preguntó:

–¿No tenías ni idea de esto?

–No, y no acabo de creerme que esto pueda ser verdad –respondió Liam, pasándose una mano

4

por el cabello–. Puede que sí, que hace nueve meses estuviese saliendo con Rebecca, pero eso no prueba que sea el padre de su bebé.

De hecho, había oído que había empezado a salir con otro poco después de que rompieran. Lo primero que haría sería pedir una prueba de paternidad.

Cuando llegaron al hospital la matrona salió a recibirlos.

–Rebecca empeoró después de que lo llamase –le dijo a Liam–, y han tenido que volver a llevársela al quirófano. Sus padres han bajado también. Bonnie está en la sala nido –les explicó mientras se dirigían allí.

Cuando llegaron, entró ella sola y salió con la pequeña, envuelta en una mantita.

–Mira, preciosa –le dijo la matrona–: tu papá ha venido a conocerte.

Y antes de que Liam pudiera siquiera mencionar que quería que se hiciese una prueba de paternidad, la mujer le puso el bebé en los brazos. Los grandes ojos de Bonnie parpadearon, mirándolo con curiosidad. ¡Parecía tan frágil!

–Los dejaré unos minutos a solas para que se conozcan –dijo la matrona–. Ahí tienen un sofá, si quieren sentarse –añadió señalándoles un rincón.

Cuando se hubo alejado, Dylan carraspeó y le dijo a su hermano:

–Voy a… eh… voy a por un par de cafés.

Liam apenas le estaba prestando atención. Solo tenía ojos para Bonnie. No recordaba cuándo había sido la última vez que había tenido en brazos a un bebé, y no estaba muy seguro de estar haciéndolo bien, pero la atrajo hacia sí y aspiró su suave y dulce olor.

Una sonrisa se dibujó en sus labios.

Sus dos hermanos y él tenían el pelo como su madre, de un color castaño rojizo, y el de Bonnie tenía ese mismo color. Por supuesto pediría la prueba de paternidad de todos modos, y tendría una seria conversación con Rebecca por habérselo ocultado, pero estaba seguro de que aquella pequeña era suya. Cuando se sentó y se quedó mirándola a los ojos, el mundo se detuvo. Aquella chiquitina era hija suya…, pensó con el corazón encogido de emoción.

Perdió la noción del tiempo mientras estaba allí sentado, con el bebé en brazos, hablándole de su familia, de sus dos tíos y sus abuelos y de cuánto la iban a querer y a mimar. Hacía una hora iba de camino a una reunión de negocios con Dylan en representación de la empresa familiar, Hawke´s Blooms, y de repente su vida había dado un giro de ciento ochenta grados.

Oyó pasos que se acercaban y, al alzar la mirada, se encontró con una pareja de mediana edad que se paró en seco al verlo.

–¿Quién es usted? –quiso saber la mujer, que iba muy maquillada.

Debían de ser los padres de Rebecca.

–Liam Hawke –contestó educadamente–, el padre de Bonnie.

El hombre frunció el ceño y dio un paso hacia él.

—¿Cómo se ha enterado?

—Rebecca le pidió a la matrona que me llamara —como no quería que el bebé se alterara, Liam permaneció sentado y no alzó la voz—. Lo que no entiendo es por qué no se me ha informado hasta ahora.

—Es imposible que Rebecca haya hecho eso —replicó la mujer entornando los ojos—. Cuando le den el alta nos las llevaremos a casa al bebé y a ella. Hace dos meses que se vino a vivir con nosotros. Le ayudaremos a criar a Bonnie, así que haga el favor de dárnosla y marcharse antes de que suban a Rebecca. Si quisiera verlo nos los habría dicho.

Por delicadeza, Liam se contuvo para no responder de un modo grosero, ya que su hija estaba en el quirófano, pero estaban muy equivocados si creían que iba a renunciar a sus derechos como padre.

—¿Así que no pensaban decirme nada?

—Era Rebecca quien no pensaba decirle nada —lo corrigió el hombre.

Liam no podía dar crédito a lo que oía.

—¿Por qué? ¿No se le ocurrió que yo querría saberlo? ¿Ni que Bonnie necesita un padre?

La mujer resopló con desdén.

—No puede darle usted nada que no podamos darle nosotros. La riqueza de su familia no es nada comparada con la nuestra, y estará rodeada de gente capaz de darle amor.

A Liam no le pasó desapercibida la crítica velada al estatus social de nuevos ricos de su familia, y sintió que le hervía la sangre en las venas. No era la primera vez que se topaba con alguien con esa clase de prejuicios, gente que no había trabajado en su vida, gente que había heredado una fortuna y lo único que habían hecho era vivir de las rentas.

Liam se preguntó qué le habría dicho Rebecca de él a sus padres. No es que hubieran quedado como amigos precisamente después de romper, pero tampoco habría dicho que Rebecca pudiera estar resentida con él. Aunque ahora que lo pensaba… ¿no le había dicho ella en una ocasión que sus padres eran fríos y manipuladores? Podría ser que la opinión que tenían de él no se debiese a nada que ella les hubiese dicho.

En ese momento apareció un hombre con bata de cirujano y fue hasta ellos.

–¿Son ustedes el señor y la señora Clancy? –inquirió muy serio, mirando a los padres de Rebecca.

La madre agarró la mano de su marido y asintió.

–Me temo que traigo malas noticias. Rebecca luchó con todas sus fuerzas, pero los daños que había sufrido en la matriz… Lo lamento.

La señora Clancy emitió un gemido ahogado y se derrumbó llorando sobre el hombro de su marido. Este se volvió hacia ella y la atrajo hacia sí.

En ese momento la pequeña Bonnie rompió a llorar también, y Liam bajó la vista hacia ella, aturdido. La vida de la pequeña se vería irremediablemente afectada por esa tragedia.

Justo a tiempo reapareció la matrona, que la tomó de sus brazos mientras el médico seguía hablando con los padres de Rebecca.

—Lo siento mucho, señor Hawke —le dijo la mujer.

—¿Qué...? —Liam se aclaró la garganta—. ¿Qué pasará ahora con Bonnie?

—Su madre cumplimentó el certificado de nacimiento y en él figura usted como su padre, así que a efectos legales es quien tiene la custodia. Si no puede hacerse cargo de ella, creo que los padres de Rebecca están dispuestos a criarla. ¿Quiere que llame a la trabajadora social del hospital para que lo asesore?

Liam bajó la vista a la pequeña, que ya se había calmado. Cerró su mano en torno al puño de Bonnie, que sobresalía de la mantita en la que estaba envuelta.

—No será necesario —dijo alzando la vista hacia la matrona—. Yo me haré cargo de ella; es mi hija.

La matrona esbozó una sonrisa de aprobación.

—Le enseñaré lo básico, como darle el biberón y cambiarle los pañales, y podrá llevársela.

Liam parpadeó. ¿Así, sin más? Se acercó la madre de Rebecca y le lanzó una mirada desafiante a Liam antes de alargar los brazos hacia la matrona.

—Démela —dijo—; nos vamos a casa.

Sin vacilar, la matrona le entregó la pequeña a Liam.

–Lo siento, pero el señor Hawke es el padre. Así hizo que constara su hija en el certificado de nacimiento, y por tanto es a él a quien le corresponde la custodia.

El señor Clancy, que se había acercado también, puso una mano en el hombro de su esposa y miró a Liam con los ojos entornados.

–Eso ya lo veremos. No está capacitado para criar a un bebé, y lo diré en un juzgado si es necesario.

Liam no se inmutó. Podían intentar lo que quisieran, pero nadie iba a quitarle a su hija.

Jenna, que estaba cambiando las flores del jarrón del salón, oyó que se abría la puerta. A juzgar por las voces que llegaban desde el vestíbulo del ático, parecía que Dylan venía acompañado de su hermano Liam. Lo había reconocido al instante por esa voz profunda y aterciopelada que siempre la hacía derretirse por dentro.

Era completamente inapropiado que pensara en esos términos de un familiar del hombre para el que trabajaba como asistenta. De hecho, no debería tener esa clase de pensamientos románticos con respecto a ningún hombre. Había sido eso lo que la había llevado a la situación en la que se encontraba.

Recogió de la mesa los tallos que había cortado, los echó en la bolsa de plástico en la que había metido las flores mustias y se dirigió a la cocina antes de que los dos hombres llegaran al salón. Una de las cosas que había aprendido al haber crecido en un palacio era que se esperaba del servicio que se hiciese notar lo menos posible, como si fuesen hadas quienes limpiasen y cocinasen.

Sin embargo, al llegar a la cocina oyó el llanto de un bebé y se quedó escuchando. Si pudiera a ella le gustaría tener consigo a su pequeña de ocho meses, Meg, pero no tenía más remedio que dejarla en la guardería mientras trabajaba. ¿De quién podría ser aquel bebé? Dylan y sus hermanos, Liam y Adam, estaban solteros.

Se oyeron pasos acercándose por el pasillo y Dylan asomó la cabeza por la puerta abierta.

–Jenna, ¿podrías venir? Necesitamos que nos eches una mano con un pequeño problema.

–Claro.

Jenna se secó las manos con el paño de la cocina y lo siguió hasta el salón, en medio del cual estaba plantado su hermano Liam con un bebé en los brazos que no dejaba de llorar.

–Liam, te acuerdas de Jenna, ¿verdad? –le dijo Dylan a su hermano–. Ella sabrá qué hacer.

Jenna lo miró perpleja.

–¿Con qué?

–Pues con el bebé –respondió Dylan como si fuese evidente–. No conseguimos que deje de llorar.

Liam estaba mirándola con recelo, como si no se fiase de dejarle el bebé a cualquiera.

–Tengo una hija de ocho meses –le dijo ella–. Si dejas que pruebe creo que podría calmarlo.

–Es una niña –le aclaró él–, se llama Bonnie.

Jenna se conmovió al ver como se suavizó la mirada en sus ojos verdes cuando pronunció el nombre de la pequeña.

Finalmente Liam dio un paso hacia ella para pasarla a sus brazos, y Jenna la tomó con cuidado y la colocó contra su pecho, acunándola suavemente mientras caminaba por la habitación. Poco a poco el llanto fue amainando, hasta que finalmente Bonnie levantó la carita bañada por las lágrimas y la miró con curiosidad.

–Hola, chiquitina –la saludó ella con una sonrisa, volviendo junto a los hermanos.

–Buen trabajo, Jenna –dijo Dylan.

Liam, visiblemente perplejo, se aclaró la garganta y le preguntó:

–¿Cómo has hecho eso?

–La he puesto contra mi pecho –le explicó ella, acariciando el fino cabello oscuro de Bonnie–; a los bebés les tranquiliza sentir los latidos de un corazón.

–Gracias –dijo Liam, y su intensa mirada hizo que el estómago se le llenase a Jenna de mariposas.

Tragó saliva y se aclaró la garganta.

–Es preciosa –dijo–. ¿Estás cuidando de ella?

–Supongo que podría decirse que sí –contestó él en un tono quedo–. Su madre ha fallecido.

A Jenna se le encogió el corazón y bajó la vista a la pequeña, que estaba quedándose dormida.

–¡Cuánto lo siento! –dijo alzando de nuevo la mirada hacia Liam–. ¿Es hija tuya?

Él asintió y Dylan intervino para explicarle:

–Antes de abandonar el hospital la matrona le estuvo enseñando a Liam los cuidados básicos, mientras, yo fui a comprar un capazo para el todoterreno, pero cuando estábamos en la carretera camino de su casa Bonnie empezó a llorar y no había manera de que parara, así que le sugerí que viniéramos aquí, que a lo mejor tú conseguías calmarla.

Jenna miró a Liam de reojo preguntándose por qué no parecía tan afectado como cabría esperar por la muerte de la madre del bebé y por qué no había tenido preparado de antemano el capazo.

–Bueno, por lo menos se ha calmado –dijo Jenna, y se acercó a él para devolverle a la pequeña.

Bonnie se movió un poco, pero Liam le acarició la espalda y volvió a dormirse.

–Vives abajo, ¿no? –le preguntó.

Jenna asintió.

–En el primer piso, con mi hija Meg.

El pequeño edificio, propiedad de Dylan, tenía tres plantas. Ella ocupaba la inferior y Dylan el ático.

La había contratado cuando estaba embarazada de cuatro meses y llevaba más de un año trabajando para él. Había sido una auténtica suerte encontrar un trabajo que le había proporcionado además un pequeño piso donde vivir.

Ser madre soltera era algo inconcebible para una princesa de la familia real de Larsland, y por eso había abandonado su país antes de que nadie lo descubriese, para empezar una nueva vida en

Los Ángeles, dejando atrás su verdadero nombre, Jensine Larsen, para convertirse en Jenna Peters. Allí no tenía amigos ni nadie en quien apoyarse, así que no quería poner en peligro aquel empleo.

–En fin, debería volver al trabajo ya que... –comenzó a decir, pero Liam la interrumpió.

–¿Y dónde dejas a tu hija mientras trabajas?

–La llevo a una guardería.

–¿Y no preferirías tenerla contigo?

Jenna vaciló y miró primero a uno de los hermanos y luego al otro. La respuesta era evidente, pero no podía hablar con libertad delante de Dylan, para quien estaba trabajando.

–Bueno, en un mundo ideal por supuesto que querría pasar el día entero con ella, pero como tengo que trabajar para que podamos vivir, no tengo más remedio que hacer algunos sacrificios. Pero Dylan se porta muy bien conmigo y le estoy muy agradecida por tener este trabajo. Y hablando de trabajo, voy a volver a mis tareas, todavía tengo un montón de...

–Espera –la llamó Liam, y Jenna no tuvo más remedio que detenerse.

Liam miró a la asistenta y le dijo:

–Voy a necesitar ayuda con Bonnie.

Ella esbozó una sonrisa y asintió.

–Criar solo a un hijo no es fácil –dijo con ese musical acento escandinavo que tenía–. A lo mejor vuestros padres pueden echarte una mano.

–Lo malo es que no volverán hasta dentro de un par de meses.

–Bueno, podrías contratar a una niñera –propuso Jenna.

Eso mismo había pensado él. Liam miró a su hermano pequeño.

–Vas a hacerme un favor, Dylan.

–¿Ah, sí? –inquirió este cruzándose de brazos–. ¿Qué favor?

–Vas a dejar que Jenna deje su puesto sin preaviso.

–¿Qué? –exclamó ella parpadeando.

Dylan descruzó los brazos y se plantó las manos en las caderas.

–¿Y por qué iba a hacer eso? Estoy muy contento con ella.

Liam sonrió y le dijo:

–Porque no puede seguir trabajando para ti cuando va a ser mi niñera.

–¿Niñera? –repitió Jenna aturdida.

–No puedo hacerme cargo de Bonnie cuando esté trabajando, y necesito a alguien que pueda enseñarme también cómo cuidarla.

–Pero yo lo único que sé de cuidar niños es lo que he aprendido sobre la marcha criando a mi hija –replicó Jenna sacudiendo la cabeza–. Hay gente más capacitada para eso; deberías contratar a una niñera de verdad.

Liam bajó la vista a su pequeña, que seguía dormida, y luego volvió a mirar a Jenna.

–Pues a mí me parece que lo que has conseguido con Bonnie contradice lo que estás diciendo.

Jenna sacudió la cabeza de nuevo y, con un gesto cargado de elegancia, se metió por detrás de la oreja un mechón rubio que se le había escapado.

–Lo único que he hecho ha sido calmarla –apuntó ella–. Todavía hay muchas cosas que no sé y estoy aprendiendo como madre. Leo todo lo que puedo sobre el cuidado de los niños en revistas y libros, pero la mayor parte del tiempo me guío por mi instinto.

Liam se encogió de hombros. Aquello no le preocupaba.

–Pues ya sabes más que yo. Solo necesito que compartas tus conocimientos conmigo. Aprendo rápido, y en nada de tiempo sabré todo lo que haga falta saber sobre los bebés.

Ella enarcó las cejas y se quedó mirándolo como si estuviera debatiéndose entre reírse o no.

–¿Entonces qué? ¿Aceptas?

–Bueno, es que… aquí además de tener un trabajo también tengo un hogar –contestó ella vacilante, llevándose un dedo a los carnosos labios–. ¿Qué pasará cuando hayas aprendido todo lo que necesitas saber? Para entonces Dylan ya habrá contratado a otra persona, y no podré volver.

–Era una forma de hablar; lógicamente seguiré necesitando una niñera por lo menos hasta que Bonnie empiece a ir al colegio.

Ella se mordió el labio y se frotó la frente con los dedos.

–¿Puedo pensármelo?

–Preferiría que me dieras una respuesta ahora. Quiero llevarme a Bonnie a casa y me gustaría que vinieras conmigo para ayudarme a cambiarle los pañales y esas cosas.

–¿Ahora? –inquirió ella, poniendo los ojos como platos.

–Mete en una maleta lo que puedas necesitar para esta noche. Recogeremos a tu hija de camino y mañana mandaré a una compañía de mudanzas para que traigan el resto de tus cosas.

–¡Eh!, ¿y qué pasa conmigo? –inquirió Dylan, mirándolos a los dos perplejo.

Liam agitó la mano, como si sus problemas no tuvieran la menor importancia.

–Estoy seguro de que sobrevivirás sin una asistenta hasta que la agencia te envíe a otra persona –se volvió hacia Jenna–. ¿Entonces qué? –repitió–. ¿Aceptas?

Ella los miró a uno y otro, indecisa.

–Pero...

–No le des tantas vueltas, Jenna –la interrumpió él–. Necesito una niñera y estoy seguro de que eres la persona idónea para el puesto. Te pagaré lo que te esté pagando Dylan, y le añadiremos un veinte por ciento. Además tendrás un techo bajo el que vivir, y lo mejor de todo es que no tendrías que dejar a tu hija en la guardería. Solo tienes que decir que sí. Vamos –la instó con una sonrisa–, di que sí.

Jenna miró a su hermano.

–Adelante –dijo Dylan, ya resignado–, si quieres ese trabajo, acéptalo. No pasa nada. Mi hermano y mi sobrina te necesitan más que yo.

Jenna se volvió hacia él.

–De acuerdo; sí.

–Estupendo –dijo él satisfecho–. ¿Cuánto te llevará hacer la maleta?

–Si me das tu dirección puedo prepararla y tomar un taxi en una hora o así.

–No importa; esperaré –replicó él.

Quería que Jenna se fuese con él porque estaba seguro de que cuando llegasen a su casa Bonnie necesitaría que le diesen un biberón o que la cambiasen; o las dos cosas.

Jenna asintió, y mientras abandonaba el salón no pudo evitar seguirla con la mirada, hipnotizado por la elegancia de sus movimientos, pero de inmediato se reprendió y apartó la vista. Tenía que concentrarse en Bonnie, se dijo mirándola; no podía comportarse como un adolescente con las hormonas revolucionadas.

Capítulo Dos

El trayecto en el todoterreno de Liam a su casa en San Juan Capistrano se volvió algo incómodo cuando cesó el balbuceo de Meg al quedarse dormida como Bonnie.

Aprovechando que él no podía verle los ojos porque se había puesto las gafas de sol, le lanzó una mirada a Liam. Era un poco más alto que Dylan, que debía medir al menos un metro ochenta, y aunque el parentesco entre ambos eran innegable por su parecido, nunca había sabido por qué, siendo los tres hermanos igual de atractivos, era aquel el que hacía que el corazón le palpitara con fuerza cuando la miraba.

Todavía no podía creerse que hubiese accedido a dejar su trabajo para ser en niñera. En parte lo había hecho por la pequeña, y en parte por lo desesperado que había visto a Liam; se había encontrado de golpe y porrazo en el papel de padre.

–Imagino que no tendrás en casa las cosas que necesita un bebé, ¿no? –preguntó, rompiendo el silencio.

–¿A qué clase de cosas te refieres? Dylan compró el capazo para el coche y en el hospital me dieron una bolsa de pañales, un biberón y el preparado para hacer la leche.

–Bueno, vas a necesitar unas cuantas cosas más –Jenna sacó de su bolso una libreta y un bolígrafo y empezó a apuntar. Iban a necesitar de todo, desde ropa, sábanas, utensilios para la cocina… –. Por ejemplo, aparte de una cuna, necesitará una cómoda para su ropa, y también vendría bien un sillón en su cuarto para cuando haya que levantarse por la noche a darle el biberón, y una mecedora.

–Podemos hacer un pedido por Internet a unos grandes almacenes para que nos lo traigan todo urgente.

–Bueno, tampoco necesitamos todo ahora mismo –contestó ella repasando la lista–. Seguro que podremos ir apañándonos, y Bonnie puede usar las cosas de Meg.

–Por los gastos que haya que hacer no te preocupes –replicó él–. Todo lo que Bonnie necesite, lo tendrá.

–Está bien. Pues para empezar vamos a necesitar varios botes de leche infantil, pañales, biberones, un esterilizador, la cuna, sábanas, mantitas… Y también necesitaremos un escucha bebés, una trona, jabón y champú, patucos, bodies…

Liam la interrumpió.

–¿Todo eso necesita un bebé de tres kilos? –le preguntó incrédulo–. ¿En serio?

Jenna reprimió una sonrisa.

–Parece mentira, ¿verdad? Y eso solo para empezar.

Siguió, y aunque él no volvió a interrumpirla, por las caras que ponía era evidente que no salía de su asombro.

Cuando llegaron a su casa, fue ella quien se sorprendió. Se había imaginado una vivienda moderna, como el edificio en el que vivía Dylan, pero era una casa tradicional de madera, con dos pisos, ventanas altas, un amplio porche y un aire muy acogedor.

Luego, cuando entraron con las pequeñas, Meg ya despierta y Bonnie aún dormida, descubrió que la planta inferior de la casa por dentro estaba formada por amplios espacio conectados por arcos y decorada con colores cálidos.

De pronto apareció una mujer alta y con cara de pocos amigos ataviada con un delantal y con un paño de cocina en la mano.

–Me había parecido oír la puerta –dijo.

–Ah, hola, Katherine –la saludó Liam.

–¿Necesita alguna cosa? –le preguntó la mujer, moviendo el menor número posible de músculos faciales.

–No, pero ya que estás aquí quiero aprovechar para presentaros –dijo él–. Jenna, esta es mi asistenta, Katherine. Katherine, estas son Jenna y su hija Meg. Como te dije cuando hablamos por teléfono, Jenna va a ser la niñera de Bonnie. No sé muchos de estas cosas, pero tengo entendido que los bebés dan mucho trabajo y ensucian bastante, así que tendréis que apoyaros la una en la otra.

La mujer ni se dignó a mirar a Jenna.

–Le dije que podía ocuparme yo de la pequeña, señor Hawke.

–Con las tareas que desempeñas haces más que suficiente, Katherine –replicó él–; no puedo cargarte con más trabajo.

Katherine hizo una mueca, pero su respuesta pareció apaciguarla un poco.

–Estaré en la cocina si me necesita –murmuró.

Y aun sin mirar a Jenna, se dio la vuelta y se marchó.

–¿He hecho algo malo? –le preguntó esta a Liam.

–Katherine es así –respondió él, encogiéndose de hombros–. Lleva ocho años ocupándose de esta casa, como un capitán al timón de su barco, y no sé qué haría sin ella, pero a veces puede llegar a ser un poco…

Ella más bien diría que era bastante grosera.

–Pero como tú le has dicho, no podría hacerse cargo a la vez de la casa y de Bonnie.

Liam esbozó una media sonrisa.

–Conociéndola, sé que está de acuerdo en que habría sido demasiado trabajo para ella, pero habría querido ser ella quien tomase esa decisión, y luego habría querido buscar ella misma una niñera.

Estupendo; parecía que la tal Katherine iba a ser un hueso duro de roer. Jenna inspiró y cambió de tema.

–¿Llevas viviendo aquí mucho tiempo?

–Desde que tenía once años. Cuando mis padres compraron esta propiedad no era más que una pequeña granja, y la casa estaba destartalada, pero era el terreno que querían. Cuando el negocio familiar empezó a prosperar fueron añadiendo más habitaciones a la casa –miró a su alrededor con cariño–. Se la compré a ellos hace cinco años, cuando decidieron jubilarse y mudarse a otro sitio. Y las dos partes salimos ganando: ellos viven ahora en un buen apartamento en la ciudad que no necesita las tareas de mantenimiento que necesita este sitio, y yo vivo donde tengo mi trabajo –le explicó–. Vamos, te enseñaré los dormitorios en los que he pensado que podemos poner a las niñas.

–¿Quieres que duerman en habitaciones diferentes?

–Si las ponemos juntas Bonnie despertará a Meg cuando llore por la noche.

–Si cada una puede tener su propia habitación será estupendo. Es que no sabía cuántas habitaciones tendrías libres, y había pensado que Meg podría dormir conmigo.

Liam la condujo por las escaleras al piso de arriba y hasta el final del pasillo.

–Mi dormitorio es este –le explicó abriendo la puerta que había al fondo.

Era una habitación enorme, tres de las ventanas asomaban a una vista panorámica increíble de la campiña de San Juan Capistrano.

Regresaron sobre sus pasos hasta el comienzo del pasillo y Liam abrió otra puerta y le hizo un ademán para que entrara.

–Esta es una de las habitaciones de invitados –le dijo–. He pensado que podrías instalarte tú aquí. La de al lado podría ser la de Meg, y la que está junto a la mía la de Bonnie.

Era una habitación preciosa, decorada en tonos lavanda y amarillo pálido. Tenía una cama con dosel y las paredes estaban adornadas con fotografías de lirios morados.

Pasaron a la habitación contigua. Las paredes estaban pintadas de un suave verde menta y un friso decorativo de color rosa. También había fotografías de flores, aunque estas eran tulipanes rosas.

–Creo que no tendremos que sacar ningún mueble. La cuna de Meg y el cambiador caben ahí, junto a la cama –dijo Jenna–. Por cierto, ¡qué bonita es la manta que hay sobre ella! –comentó admirándola.

–La tejió mi madre –contestó él con una sonrisa–; es una de sus aficiones.

–¿Y las fotos?

–Son mías –le explicó Liam–. Tenemos un negocio de floricultura. Hago fotos a las flores para el catálogo y mi madre hizo que enmarcaran algunas.

Lo había dicho como si no fueran gran cosa, pero había capturado con maestría la luz del sol en las hojas, y el ángulo que había escogido en cada foto resaltaba la forma de los pétalos. Sin embargo, Jenna tenía la impresión de que esos halagos lo incomodarían, así que no dijo nada.

Pasaron a la que iba a ser la habitación de Bonnie, y al entrar Jenna frunció el ceño, porque los muebles de madera oscura y los tonos color crema y tierra que la decoraban le daban un aire poco apropiado para una niña pequeña.

Liam, que debía estar pensando lo mismo, contrajo el rostro y le dijo:

—Quizá podrías pintar y redecorar esta habitación. Lo dejo a tu criterio. Haré que el banco te expida una tarjeta de crédito con cargo a mi cuenta. Así podrás ocuparte de la reforma y comprar lo que Bonnie necesite. Pero si son cosas que haya que comprar con asiduidad, como los pañales o la leche, díselo a Katherine para que lo añada a la lista de la compra.

—De acuerdo.

Bonnie, que ya estaba despertándose, empezó a protestar con un lloriqueo, y de pronto a Liam se le puso cara de pánico. Jenna sentó a Meg en el suelo y le dio un sonajero de su bolso para que se entretuviera. Jenna bajó la vista a Bonnie y le acarició el fino cabello.

—Tiene el pelo tan oscuro… Bueno, como el tuyo —comentó—. Meg no tenía nada de pelo cuando nació.

Liam esbozó una breve sonrisa antes de ponerse serio otra vez.

—Cuando vi su pelo en el hospital fue cuando estuve seguro de que era hija mía —dijo. Se miró el reloj—. Sé que acabas de llegar, pero tengo que ir al invernadero; tengo un montón de trabajo por hacer.

Un pequeño camión con un logotipo de una cigüeña aparcó delante de la casa y se bajaron de él dos hombres. Liam debía haber pagado un extra para que le sirvieran el pedido en el mismo día.

–Traemos un pedido a nombre de Liam Hawke –le dijo el hombre mayor.

Empezaron a descargar las cosas, y Jenna les indicó dónde tenían que dejarlas. Los hombres subieron las cajas al segundo piso y montaron los muebles que había comprado Liam.

–Bueno, pues ya está todo –dijo uno de los hombres–. Solo queda que firme aquí –le tendió una carpeta y un bolígrafo.

Al ir a firmar estuvo a punto de hacerlo con su verdadero nombre, pero por suerte se dio cuenta justo a tiempo. Llevaba más de un año usando un nombre falso; a esas alturas ya debería haberse hecho a él.

La verdad era, se dijo mientras firmaba y le devolvía al hombre la carpeta y el bolígrafo, que siempre sería la princesa Jensine Larsen, la menor de los cinco hijos de los reyes de Larsland. Una princesa que se había comportado de un modo intachable a lo largo de sus veintitrés años de vida hasta que había cometido un error lo bastante grande como para echar a perder todo: se había quedado embarazada.

Al principio no le había parecido tan malo; al

fin y al cabo Alexander y ella estaban enamorados y tenían intención de casarse algún día. Solo tendrían que hacerlo antes de lo previsto y comunicárselo a sus familias porque habían mantenido su relación en secreto. Habiendo tenido que llevar una vida bajo el escrutinio público, había querido reservarse al menos esa pequeña parcela de privacidad, algo que siempre había deseado.

Pero, como solía decirse, había que tener cuidado con lo que uno deseaba, y ahora estaba pagando por ello, porque tendría que vivir el resto de su vida bajo una identidad secreta.

Habían planeado decírselo a sus familias cuando Alexander regresase de la misión militar a la que lo habían enviado, pero no había vuelto; había caído en combate, dejándola desolada, con un bebé en camino y sin modo de salvar su honor.

No había tenido el valor de decírselo a sus padres porque sabía la decepción que les causaría. Y había temido que cuando la prensa lo descubriese aquello supondría una mancha en la reputación de la casa real cuando, al contrario que en otras casas reales europeas, la monarquía de Larsland siempre había llevado a gala no haber protagonizado jamás un escándalo.

Que se hubiese sabido que iba a ser madre soltera habría sido un golpe fatal para su familia en un momento en el que la gente se cuestionaba la necesidad de la monarquía.

Por eso solo había visto una salida posible: había huido del país y se había instalado en Los Ángeles con una identidad nueva gracias a una amiga de la infancia, Kristen, que trabajaba en el servicio de seguridad de la casa real. Tenía un conocido en los Estados Unidos que había colaborado con ellos hacía un par de años, y Kristen y él eran las únicas personas que conocían su paradero actual.

A través de ella le había hecho saber a su familia, sin decirles demasiado, que estaba bien, y a la prensa se le había dicho que estaba estudiando en el extranjero. El plan tenía varios fallos, aunque el más importante era que nadie iba a creerse que estuviese estudiando fuera de por vida.

La media hora siguiente la pasaron reorganizando la disposición de los muebles de las habitaciones de las dos pequeñas.

−¿Tu acento es danés? −le preguntó Liam de repente, rompiendo el silencio.

Jenna vaciló. ¿Sería arriesgado decirle cuál era su verdadero país de origen? Había estado diciéndole a la gente que era danesa, por si hubiesen visto una foto suya en la prensa y cayesen en quién era al oír el nombre de su país. Sin embargo, por alguna razón no quería mentir a Liam más de lo estrictamente necesario.

−Soy de Larsland −contestó−, es un archipiélago de islas en el mar Báltico. Como no está lejos de Dinamarca muchas veces la gente confunde el acento.

−Ah, sí, he oído hablar de ese sitio: montones de osos y nutrias.

−Ese es mi país −dijo ella con una sonrisa.

–¿Y vas a volver pronto, o tienes intención de echar raíces aquí en Estados Unidos?

–Bueno, salí de mi país porque quería ver un poco de mundo, así que es probable que dentro de un tiempo me vaya a vivir a otro sitio –contestó Jenna con cautela. En algún momento tendría que regresar a Larsland y afrontar la responsabilidad de lo ocurrido–. Pero por supuesto me quedaré por lo menos hasta que ya no me necesites –añadió.

–Bueno, esto tampoco es un contrato de por vida –dijo él–. Con tal de que me avises con tiempo no hay problema.

–Gracias.

Liam se levantó del suelo y mirándola a los ojos añadió:

–Cuando dije que te pagaría un veinte por ciento más de lo que te pagaba Dylan hablaba en serio, y si tienes alguna otra condición, no tienes más que decírmelo.

Jenna se frotó la nuca con la mano.

–Ni siquiera sabes si haré bien mi trabajo.

–Dylan no se habría quedado contigo tanto tiempo si no trabajaras bien, y de momento Bonnie parece contenta contigo. Además –añadió con una sonrisa–, si veo que la cosa no funciona, pues te despido y busco a otra persona.

Jenna sabía que la intención de esa sonrisa era suavizar sus palabras, pero lo único que consiguió fue que se le cortara el aliento. Tragó saliva y miró su reloj de pulsera.

–Bueno, ya va siendo hora de que le dé de comer a Meg y de que duerma su siesta, porque Bonnie se despertará pronto –dijo para cambiar de tema, levantando a la pequeña del suelo.

–Pues te dejo –le contestó Liam–; yo tengo que volver al invernadero.

Jenna asintió, y actuó con mucha calma mientras él abandonaba la habitación. Sin embargo, en cuanto oyó cerrarse la puerta de la calle al poco rato, fue hasta la ventana para observar a Liam mientras se alejaba. ¿Por qué? ¿Por qué de todos los hombres sobre la faz de la Tierra tenía que sentirse atraída precisamente por aquel?

Capítulo Tres

Liam estaba teniendo una pesadilla. Un bebé estaba llorando de un modo desesperado, inconsolable, como si lo necesitara. Se despertó sobresaltado, pero el llanto no se desvaneció. Al principio no comprendió qué pasaba, pero luego recordó: Bonnie. Su hija estaba llorando.

Se bajó adormilado de la cama, frotándose la cara con una mano mientras con la otra comprobaba, en deferencia a Jenna, que llevaba puesto el pantalón del pijama. Encendió la luz de la mesilla y miró la hora: las dos de la madrugada.

Justo antes de que entrara en el cuarto de Bonnie se encendió la luz y vio a Jenna con el pelo revuelto y envuelta en una bata blanca de algodón sacando a Bonnie de la cuna mientras le hablaba en susurros para que se calmara.

Se le hizo un nudo en la garganta mientras observaba la escena.

Jenna giró la cabeza hacia él y le sonrió soñolienta mientras acunaba a la pequeña.

–Debe tener hambre –le dijo–; ¿quieres sujetarla mientras voy y preparo el biberón?

Liam se aclaró la garganta y fue junto a ella.

–Claro.

Los dedos de Jenna rozaron su pecho desnudo cuando le puso a Bonnie en los brazos. El impulso que sintió de repente de sostener la mano de Jenna contra su piel fue casi irresistible.

Jenna le hizo una caricia a Bonnie en el brazo y salió del cuarto. Liam la siguió con la mirada, fascinado por el suave contoneo de sus caderas, pero de inmediato se reprendió por esos pensamientos y se centró en lo que debía: su hija, a la que tenía en brazos.

Cuando volvió al cuarto de Bonnie, Liam seguía con ella en brazos, paseándose de un lado a otro mientras la acunaba suavemente.

–¿Quieres dárselo tú, o prefieres que lo haga yo? –le preguntó levantando el biberón.

–Mejor dáselo tú –contestó Liam–; así te miro y aprendo.

Cuando se inclinó para pasarle a Bonnie, su pecho desnudo quedo solo a unos centímetros de su cara, y el olor de su piel la envolvió. Solo fue un instante, pero la dejó algo mareada.

Se sentó con Bonnie en el sillón y en cuanto le acercó el biberón la pequeña se tranquilizó y comenzó a succionar. Jenna, mientras la observaba, no pudo evitar sonreír.

–¿Qué tal llevas lo de ser madre? –le preguntó Liam rompiendo el silencio.

Jenna se quedó pensativa un momento.

–Es distinto de como pensaba que sería.

–¿En qué sentido? –inquirió él con curiosidad.

–En todos los sentidos –respondió ella–. Es más estimulante y más hermoso de lo que nunca hubiera podido imaginar.

–¿Y recibes alguna ayuda del padre de Meg?

–No –respondió ella, escogiendo con cuidado sus palabras–; su padre ya no forma parte de nuestras vidas.

Él ladeó la cabeza.

–¿Y tienes algún familiar aquí que pueda echarte una mano?

–No, Meg y yo solo nos tenemos la una a la otra –Jenna se sintió mal al decir aquella verdad a medias, y cambió de tema antes de que se encontrara confesándole todos sus secretos a Liam en el silencio de la noche–. Entonces… ¿la madre de Bonnie no te dijo que se había quedado embarazada?

Él se frotó el rostro con la mano y giró la cabeza hacia la ventana, aunque fuera no había más que oscuridad.

–No lo supe hasta que me llamaron del hospital. Rebecca y yo habíamos roto hacía ocho meses, y no habíamos vuelto a hablar desde entonces. Y de repente, me llaman del hospital para decirme que mi exnovia ha dado a luz hace dos días a una niña que es hija mía y que ha habido complicaciones después del parto. Y poco después de llegar me dicen que ha fallecido. Yo tenía a Bonnie en mis brazos y… –se aclaró la garganta–. En fin, solo con mirarla supe que no podía darle la espalda y alejarme de ella. Estoy seguro de que tú me entiendes –añadió con voz ronca.

Jenna asintió.

–No hay nada comparable a la mirada confiada de un recién nacido.

–Sí, a eso es a lo que me refiero –contestó él girando de nuevo la cabeza hacia ella–. A eso, y a saber que me necesitaba porque soy su padre. Me debo a ella.

–Eso que dices es muy bonito –murmuró Jenna con una sonrisa.

Tenía ante sí algunos retos difíciles como padre, pero si de verdad quería a su hija, como parecía que la quería, Bonnie era una niña con suerte.

–Todo esto aún me resulta surrealista –le confesó Liam, pasándose una mano por el cabello revuelto–. ¡Y eso que tienes en tus brazos la prueba tangible de que es real!

–Ya lo creo que es real –contestó Jenna con una sonrisa, antes de bajar la vista a Bonnie–. ¿A que sí, chiquitina?

–Es curioso, pero, aunque ser padre me aterra, al mismo tiempo estoy tan emocionado que me cuesta pensar con claridad.

Jenna conocía muy bien esa mezcla de miedo y alegría. Era la misma sensación que la había invadido a ella al nacer Meg.

Cuando Bonnie se hubo terminado el biberón se lo dio a Liam, colocó a la pequeña contra su hombro y le dio unas palmaditas en la espalda para que echara los gases.

–¿Y qué pasa con la familia de Rebecca? –le preguntó a Liam.

Los dedos de Liam tamborilearon en el biberón vacío.

–Cuando fui al hospital estaban allí, pero no puedo decir que se alegraran de conocerme –dijo torciendo el gesto.

–¿No los conociste cuando salías con Rebecca?

–Solo estuvimos saliendo unos meses, y no íbamos tan en serio como para presentar al otro a nuestra familia. Por lo que he sabido parece que estuvo viviendo con sus padres durante el embarazo, y que iba a quedarse con ellos para que la ayudaran a criar a Bonnie.

–¿Sin ti? –inquirió ella sorprendida.

Cada día deseaba que Alexander aún viviese para que hubiese podido conocer a Meg y verla crecer.

–Mi nombre figura en el certificado de nacimiento, así que quiero creer que en algún momento pensaba decirme que tenía una hija –respondió Liam, y apretó la mandíbula–. Pero no le pidió al personal del hospital que me avisaran hasta que temió por su vida, y a sus padres no les sentó nada bien.

–O sea, que no están muy contentos de que Bonnie esté contigo.

Liam se rio de un modo sarcástico.

–Podría decirse así. De hecho, he recibido una llamada de su abogado; piensan poner una demanda para quitarme la custodia.

–¡Pobre pequeña! –murmuró Jenna, cambiando de postura a Bonnie, para acunarla de nuevo entre sus brazos–; ¡haber perdido a su madre y que ahora quieran negarle también el derecho a tener un padre!

–No se saldrán con la suya –contestó él muy resuelto–; mi abogado ya está ocupándose del asunto. Bonnie es mi hija y nadie la apartará de mí.

A la mañana siguiente Jenna metió a las dos pequeñas en el carrito doble que habían comprado, y salió con ellas para explorar los jardines.

Después de darle el biberón de madrugada a Bonnie le había costado volver a dormirse porque la había atormentado el recuerdo del torso desnudo de Liam. De hecho, había fantaseando imaginándose qué habría pasado si hubiese alargado la mano y enredado sus dedos en el oscuro vello que lo salpicaba.

Pasado el patio había una pequeña parcela de césped bordeado por arbustos, y más allá se extendían hileras e hileras de flores de color amarillo, morado, rosa… Aquí y allá se veía a trabajadores con sombreros de paja, y a un lado estaba el enorme invernadero.

Meg dio un gritito de entusiasmo y señaló las flores.

–Ahí es donde vamos, cariño –le dijo Jenna a su hija–, a ver todas esas flores tan bonitas.

Empujó el carrito por uno de los caminos entre hilera e hilera, deteniéndose de vez en cuando para inclinar una flor y que Meg pudiera olerla.

No habían avanzado mucho cuando vio a Liam, que salía del invernadero, ir hacia ellas.

–Buenos días –lo saludó–. Esta mañana te hemos echado de menos en el desayuno.

–Es que quería empezar a trabajar temprano para ponerme al día con algunas cosas –contestó él con expresión inescrutable.

–Esto es precioso –comentó.

La expresión de Liam se suavizó cuando se inclinó para acariciar la mejilla de las dos pequeñas.

–Sí, no es mal sitio para trabajar.

Jenna levantó del carrito a Bonnie y besó su cabecita.

–¿A ti qué te parece? –le preguntó en un susurro. Bonnie la miró con sus grandes ojos, y cuando su padre se acercó, lo miró a él–. ¿Quieres sostenerla tú un rato? –le preguntó a Liam.

–Claro –asintió él.

Cuando Jenna la hubo pasado a sus brazos, sacó a Meg también del carrito y se la apoyó en la cadera.

–¿Y qué haces en tu trabajo?

–Investigo.

Al ver el brillo entusiasmado en sus ojos, Jenna sintió curiosidad.

–¿Qué investigáis?, ¿nuevos métodos para que las plantas crezcan mejor o algo así?

–Esa es una parte de los experimentos que llevamos a cabo, sí, pero lo que a mí me gusta es la genética.

–¿Te refieres a crear nuevas flores?

–Básicamente. A veces simplemente buscamos conseguir colores nuevos, pero también se pueden combinar dos flores para crear una completamente nueva.

Liam se hizo visera con la mano y paseó la mirada por los jardines.

Jenna bajó la vista a unas amapolas rojas que tenían cerca. Liam se agachó, cortó una y se la dio a Meg, que dio un gritito de alegría.

–Lo que habéis hecho aquí es increíble –dijo–. Él se encogió de hombros.

–Todo el mundo tiene historias interesantes que contar si uno se para a escucharlas. Seguro que la tuya lo es también; te criaste en la otra punta del mundo y ahora estás aquí.

Habían pasado cinco días, y esa tarde Liam volvió a la casa un poco después de las ocho, con una mezcla de expectación e inquietud.

Siempre había tenido algo de adicto al trabajo; solía trabajar hasta tarde cuando estaba enfrascado en un experimento, y a veces se le pasaba la hora de la comida o de la cena.

Sin embargo, el motivo por el que ese día había seguido trabajando cuando ya debería haber dado por acabada su jornada había sido que quería tomar un poco de distancia con Jenna.

Tras la noche en que se había levantado porque Bonnie había salido llorando y se había quedado a ver cómo le daba Jenna el biberón, le había costado conciliar el sueño las noches siguientes. Se encontraba tendido en la cama, pensando en ella, con la cabeza llena de fantasías prohibidas sobre su boca, sus manos, su cuerpo…

Y ese día la situación había ido a peor, porque se había sorprendido también pensando en ella durante el día, y se había hecho un corte en el pulgar mientras trabajaba. Aquella falta de concentración lo irritaba profundamente.

Había estado levantándose más temprano para desayunar solo y salir de la casa antes de que Jenna se despertara, por aquello de «ojos que no ven, corazón que no siente». Y esa mañana, cuando la había visto paseando con el carrito por el vivero, no había salido a saludar a las niñas y a ella y había seguido trabajando.

Si Jenna llegase a enterarse de los pensamientos inapropiados que estaba teniendo se sentiría incómoda viviendo bajo el mismo techo que él, y no podía permitirse quedarse sin niñera.

También estaba algo intranquilo por cómo había reaccionado Jenna hacía unos días, cuando había intentado que le hablase un poco de ella. Tal vez estuviese equivocado, pero le había parecido que había usado como excusa que tenía que darle el biberón a Bonnie para evitar hablarle de su vida. Le preocupaba que la mujer que estaba cuidando de su hija pudiese estar ocultando algo, pero por si acaso en otra ocasión volvería a pedirle que le hablase de su pasado.

Dejó el portafolios en el salón y se dirigió al comedor, donde Katherine tendría ya puesta la cena, temiendo como a un miura el encuentro con Jenna.

Cuando entró, estaba de pie, meciendo suavemente una cuna blanca que había colocado cerca de la mesa. Su piel brillaba con la suave luz de la lámpara. «No es más que una mujer», se recordó. Una mujer de una belleza singular, sí, pero una mujer como cualquier otra al fin y al cabo.

Se detuvo junto a la cuna, y se permitió un momento de ternura para observar a Bonnie, que estaba dormida. Luego recobró la compostura y miró a Jenna con una sonrisa educada.

—Buenas tardes —la saludó.

Retiró una silla para que ella se sentara y se quedó esperando.

—Hola —contestó Jenna.

Fue a ocupar su asiento, y él le acercó la silla. «Ya está», se dijo. Lo tenía todo bajo control; no era tan difícil.

Sobre la mesa había varias fuentes cubiertas. Levantó la tapa de metal de una de ellas, dejando al descubierto un fragante curry, y le pasó a Jenna la cuchara para que se sirviera.

—Perdona que llegue tan tarde.

—No pasa nada —respondió ella, sin alzar la vista mientras se servía—. Mientras te esperaba he podido hablar un rato con Katherine.

—¿Y qué tal os vais entendiendo?

—Pues creo que no le parece bien que coma contigo —contestó Jenna en un tono algo áspero—.

Si no hubiera sido idea tuya, estoy segura de que me haría comer en la cocina.

–Bueno, es que está un poco chapada a la antigua –dijo él, en un intento por calmar las aguas.

–Si le molesta a mí no me importa comer en la cocina.

–No, ¡qué tontería! Le dije a Katherine que podía unirse a nosotros, pero me dijo que prefería comer en la cocina.

Siguieron comiendo en silencio. Jenna y él no se conocían apenas, y a él no se le daba bien sacar temas de conversación, pero quizá ese sería un buen momento para instarla a que le hablase de ella, pensó Liam.

–¿Y tú? ¿Qué querías ser de niña? –tomó un sorbo de agua y se quedó mirándola por encima del borde del vaso.

Ella se mordió el labio y se quedó mirando su plato un buen rato antes de responder.

–Si no te importa, preferiría no hablar de mi infancia.

Él se echó hacia atrás en su silla y volvió a beber antes de dejar el vaso en la mesa. ¿Podría ser que hubiese tenido una infancia difícil y por eso no quería hablar de ello? ¿O quizá hubiese algo que quería mantener en secreto? Si estaba ocultándole algo, averiguaría qué era.

Nadie le había preguntado nunca qué quería ser, ni de niña, ni de adulta. Era una princesa. Lo que se esperaba de ella era que se dedicase a su pueblo.

Unos gemidos quejosos procedentes de la cuna les indicaron que Bonnie se había despertado. Jenna se levantó como un resorte, agradecida por aquella distracción.

–¿Puedes tomarla en brazos un momento? –le pidió a Liam–. Iré a preparar el biberón.

Al ver con qué amor miró Liam a Bonnie, cómo le susurraba y le acariciaba suavemente la mejilla, se le derritió el corazón. Aquella imagen le recordó la muerte de Alexander y le hizo pensar que Meg estaba creciendo sin el cariño de un padre, e hizo que aflorara en ella la añoranza de sus padres, a los que no veía desde hacía más de un año.

Cuando terminaron de cenar, Liam devolvió a Bonnie a la cuna y recogieron la mesa.

–¿Quieres que probemos una cosa? –le propuso Jenna–. Se me ha ocurrido una idea para que Bonnie se vaya acostumbrando a ti y tú ganes seguridad en ti mismo como padre –se agachó para recoger del suelo una mochila portabebés que había dejado junto al aparador–. Esto es un portabebés –le explicó mostrándoselo–. Ajustas los tirantes, te lo pones, y puedes llevar a Bonnie contigo donde quieras. Y tiene la ventaja de que te deja las manos libres a la vez que puedes pasar más tiempo con ella.

–Y cuanto más tiempo pase conmigo, antes se acostumbrará a mí –concluyó Liam.

–Esa es la idea. Date la vuelta para que abroche la correa que cruza la espalda –le dijo Jenna.

Sin embargo, cuando Liam hizo lo que le pedía

y se encontró con su ancha espalda frente a sí, Jenna sintió que se le subían los colores a la cara.

–Ya está –dijo–. Ahora meteré a Bonnie.

Sacó a la pequeña de la cuna y le dio un beso en la mejilla antes de deslizarla dentro del portabebés. Bonnie arqueó el cuello contra el soporte para la cabeza y miró a su papá.

–Me parece que ya le gusta –dijo Jenna.

Liam le susurró algo a Bonnie, y la emoción hizo que a Jenna se le saltaran las lágrimas.

–¿Tú también usaste uno de estos con Meg? –le preguntó.

–Sí. Cuando acababa mi jornada en el apartamento de Dylan y tenía que preparar la cena, lavar mi ropa y la de Meg… como pasaba todo el día sin verla no quería que estuviese separada también de mí esas horas. ¿Qué tal? –le preguntó ella–, ¿te sientes cómodo?

Él giró la cintura hacia un lado y hacia el otro para comprobar qué movilidad tenía con el portabebés puesto.

–Pues, para mi sorpresa, la verdad es que sí.

–Estupendo.

Él se paseó por el amplio comedor, y Jenna no pudo evitar sentirse una voyeur. Se movía con una elegancia muy masculina.

Se dejó caer en una silla y se cubrió el rostro con las manos, obligándose a reconocer que era más que probable que se hubiese enamorado perdidamente de él.

Capítulo Cuatro

Liam salió a recibir a Jenna y las dos pequeñas a la puerta del edificio donde llevaba a cabo sus experimentos con flores. Hacía un par de días le había ocurrido decirle a Jenna que le enseñaría las instalaciones para que viera cómo era su trabajo.

–Hola –lo saludó Jenna con una sonrisa radiante–. ¿Llegamos puntuales?

Llevaba un vestido camisero color melocotón.

–Ya lo creo –contestó él, bajando la vista al doble carrito–. Creo que será mejor que las llevemos en brazos.

Se quitó la bata de laboratorio y se la echó sobre un hombro para sacar a Meg del carrito. La había tomado en brazos a ella porque de los dos bebés era la que más pesaba, pero últimamente le había sorprendido descubrir que le gustaba tanto tenerla en brazos como a su propia hija. Meg era una niña muy dulce.

Jenna tomó a Bonnie y lo siguió.

Aparte de su familia y el personal con el que trabajaba, nunca había permitido a nadie entrar allí, en su sancta sanctorum. Más que nada por el temor al espionaje industrial.

Sin embargo, también tenía motivos personales para restringir el acceso al edificio. Desde el día en que su padre le había dado una parcela de tierra y vía libre para crear sus propias variedades de flores a los quince años, siempre había sido muy celoso de su privacidad cuando estaba trabajando. Ahora contaba con empleados que le ayudaban en determinadas tareas, pero en el día a día pasaba la mayor parte del tiempo a solas en su laboratorio. Para él era un espacio más personal incluso que su casa.

Por eso no podía explicarse por qué había invitado a Jenna a visitarlo. Quizá porque le inspiraba confianza. .

Mientras avanzaban por el pasillo, dejando atrás distintas salas, algunos empleados se acercaron a hacerle carantoñas a los bebés, y Liam era consciente de que, incluso aquellos que siguieron con su trabajo, los observaban con curiosidad. Ya le había dicho su secretaria que su repentina paternidad había corrido como la pólvora entre el personal.

Finalmente llegaron a una puerta de doble hoja que daba acceso al área donde él trabajaba.

–Así que aquí es donde trabajas –dijo Jenna, antes de que él pudiera decir nada.

–¿Cómo lo has sabido? –inquirió él parpadeando.

–Pues… te va a sonar raro –contestó ella–, pero hay algo de ti aquí.

–¿Algo de mí? –repitió él sin comprender.

Frunció el ceño y miró a su alrededor: hileras e

hileras de semilleros de los que esperaba que cre-
ciera algo especial, las pizarras blancas con diagra-
mas de las generaciones de variedades cultivadas,
los ordenadores y los microscopios…

–No veo en qué se diferencia esta sala de otras
que hemos pasado.

–Ahí es donde está lo raro –contestó Jenna con
una sonrisa–. Tal vez… –se inclinó hacia él y le olis-
queó el hombro–. No, estaba pensando que quizá
oliese a tu colonia y mi subconsciente lo hubiese
captado, pero no llevas.

A Liam el corazón le palpitó con fuerza cuando
se acercó tanto a él.

–Ningún miembro del personal lleva colonia
–respondió–. Tenemos que oler las fragancias de
las flores que producimos, así que no podemos dejar que haya otros olores que las enmascaren.

Jenna se encogió de hombros.

–Pues entonces no sé qué es –se acercó a la
puerta de la sala contigua y escudriñó a través del
cristal–. ¿Qué hay ahí?

–Algo en lo que he estado trabajando –le dijo él
con cierto orgullo.

Hasta la fecha, de todos sus proyectos aquel era
el había tenido mayor éxito. Observando su rostro
para ver su reacción, abrió la puerta y la invitó a
pasar con un ademán.

Cuando Jenna cruzó la puerta del laboratorio
de Liam se le cortó el aliento. Aquella sala no tenía
ventanas y contaba con una iluminación artificial
especial con lámparas que iluminaban hileras de

bancos alargados con pequeñas macetas de la misma planta. Las hojas eran brillantes, y del largo y elegante tallo de cada una salía una única flor, parecida al lirio, pero de un color azul oscuro. Era preciosa.

–Liam, ¿tú has creado esto? –le preguntó cuando hubo recobrado el habla.

Él asintió.

–Bueno, ha sido un proyecto conjunto con la madre naturaleza.

–Es increíble –murmuró ella acercándose para ver las flores–. ¿Las ha visto alguien más?

–Solo el personal que trabaja aquí. Además de Adam y Dylan, claro.

Jenna no podía apartar los ojos de aquellos singulares lirios. Nunca había visto nada igual.

–Pues causarán sensación.

–Gracias –contestó él–; eso espero.

Incapaz de resistir la tentación, Jenna acarició un pétalo para ver qué tacto tenía.

–¿Y qué tienes pensado hacer para el lanzamiento? Porque supongo que cuando creas una nueva flor hacéis un lanzamiento para darla a conocer, ¿no?

–Sí, pero eso se lo dejo a mis hermanos. Dylan suele encargar rótulos para los escaparates de nuestras floristerías, y Adam se ocupa de emitir un comunicado de prensa del que se hacen eco las revistas y programas especializados de televisión, y a veces, con suerte, también lo mencionan los medios de comunicación importantes.

Aquella flor se merecía algo más que un rótulo y un comunicado de prensa, pensó Jenna. Se merecía que la diesen a conocer a bombo y platillo.

—¿Y nunca habéis hecho nada más para promocionar tus creaciones?

—¿Y qué más podríamos hacer? —inquirió él frunciendo el ceño.

La imaginación de Jenna se disparó con un sinfín de posibilidades.

—Quizá podríais organizar un evento. Algo que llame la atención y os dé mucha publicidad. Algo que haga que todo el mundo quiera tener este lirio azul.

—¿Qué clase de evento? —inquirió Liam.

Si de algo sabía Jenna era de eventos. Como miembro de la familia real, llevaba asistiendo a todo tipo de eventos desde que era niña.

—Pues no sé, tal vez algo elegante, como esta flor. ¿Qué tal una fiesta?

—¿Celebrar una fiesta para el lanzamiento de una flor? —dijo él dudoso—. ¿Y tú crees que iría la gente?

—Si les aseguras que lo pasarán bien, no veo por qué no. Haz que sea la fiesta del año.

Meg levantó el brazo y agarró con su manita un puñado de pelo de Liam, pero él, que parecía estar muy interesado en su idea, ni se inmutó.

—¿Y qué tiene que tener una fiesta para que sea la fiesta del año? —le preguntó.

—Pues prestarle atención a los detalles: el sitio, la lista de invitados, la comida…

Liam enarcó una ceja.

–Parece que sabes mucho de eso.

Jenna se vio obligada a mentir, a su pesar.

–Tuve un novio al que por trabajo lo invitaban a grandes fiestas y a eventos importantes y le acompañé en varias ocasiones.

Liam pareció aceptar su explicación y se sentó en una silla frente a su escritorio con Meg en el regazo.

–¿Y qué más harías? –le preguntó.

Para empezar tendrían que pensar en un tema para la fiesta.

–¿Ya le has puesto un nombre a la flor?

–Estaba pensando llamarla lirio de medianoche.

–Perfecto –dijo Jenna–. Pues podrías hacer que ese fuese el tema de la fiesta, la medianoche. El lugar donde se vaya a celebrar podría decorarse en tonos azul oscuro, y la presentación oficial de la flor podría hacer a las doce en punto, y a cada invitado se le entregaría una flor. Y por supuesto tendríais que aseguraros de que hubiese gente de los medios de comunicación.

Mientras la escuchaba, Liam fue tomando notas en un cuaderno que tenía en su mesa.

–Tendré que consultárselo a Adam y a Dylan, pero creo que es una idea estupenda, gracias –le dijo.

–No hay de qué –respondió ella con una sonrisa–. Seguro que será un éxito.

Liam se acarició la barbilla pensativo.

–¿Qué dirías si te propusiese supervisar la organización de ese evento? –le preguntó de repente–. Ya sé que estás muy ocupada con Bonnie y con Meg, pero mi personal administrativo podría llevar a cabo lo que a ti se te ocurriera: buscar un servicio de cátering, contratar una orquesta… Tu trabajo consistiría más que nada en dar ideas y aconsejarnos.

No podía arriesgarse tanto; los medios de comunicación cubrirían aquel evento, y si la fotografiaban y una de esas imágenes llegase a su país su plan se echaría a perder y tendría que regresar de inmediato.

–Es que… –comenzó a decir, pensando una excusa sobre la marcha–, no me sentiría cómoda teniendo que hablar con los medios de comunicación y esas cosas.

Liam sacudió la cabeza, como si su objeción no le pareciese un obstáculo.

–Adam y Dylan se ocuparían de eso. Si prefieres permanecer entre bambalinas no hay problema. Lo que me interesan son tus ideas.

Jenna no pudo evitar que el entusiasmo se apoderase de ella. Podría ser divertido hacer uso de esos conocimientos que había acumulado a lo largo de los años. Y así de paso les estaría echando una mano a Dylan y a Liam, que la habían ayudado cuando lo había necesitado, dándole un trabajo y un sitio donde vivir. Claro que ella nunca había organizado un evento, se dijo, y su entusiasmo se desinfló de inmediato.

–Lo mejor sería que contrataseis a un organizador profesional, a alguien con experiencia –dijo.

–Supongo que sí, pero a mí nunca me ha gustado seguir los caminos trazados. Además, eres tú quien me ha convencido de que deberíamos intentar algo distinto, así que ahora es responsabilidad tuya que todo salga bien –bromeó Liam.

Jenna se rio.

–De acuerdo, lo intentaré. Pero no puedo prometerte que vaya a hacerlo tan bien como lo haría un profesional.

Un brillo triunfal relumbró en los ojos de Liam y le dijo con una sonrisa:

–Solo tienes que hacerlo a tu manera. Se lo propondré a Adam y a Dylan y formaremos un equipo para luego reunirnos contigo.

Minutos después, cuando Jenna salía del edificio al sol, empujando el carrito de las dos pequeñas, se preguntó si sabía dónde se había metido.

–Chicas –dijo mirando a los bebés–, me parece que debería aprender a decirle que no a Liam Hawke.

Cuando Liam llegó a casa esa noche eran casi las once. Estaba todo en silencio, en calma, y no pudo evitar que una sonrisa irónica se dibujara en sus labios. Unos meses atrás ese había sido el estado natural de su casa, pero entonces había llegado su hija, trayendo consigo la alegría y el caos, y también Meg.

Jenna, en cambio, había trastocado su vida de un modo distinto, inesperado, y el solo pensar en ella hacía que el corazón le palpitase más deprisa.

Subió las escaleras y vio que la luz del cuarto de Bonnie estaba encendida. Jenna debía estar dándole el biberón, pensó, pero cuando entró en la habitación no había ni un mueble, y Jenna estaba de espaldas a él pintando la pared de un amarillo narciso. Con el cabello recogido en una coleta y vestida con una simple camiseta blanca y unos vaqueros cortados que resaltaban su bonito trasero, era la mujer más seductora que había visto en su vida. Tragó saliva.

–Vaya, esto sí que no me lo esperaba –dijo apoyándose en el marco de la puerta.

Jenna se volvió sobresaltada. Tenía salpicaduras de pintura en la nariz y en la camiseta.

–Creí que habías dicho que podía pintar la habitación de Bonnie –se apresuró a decir–, porque los tonos que tenía no eran muy…

Liam alzó una mano para interrumpirla.

–No pasa nada, es verdad, hablamos de pintarla de otro color, pero mi idea era que buscaras a alguien para hacerlo. Pintar no entra en tu contrato.

Jenna apartó de su rostro un mechón rubio que había escapado de la coleta, pero de inmediato volvió a caer sobre su mejilla.

–Quería hacerlo; nunca había pintado una habitación.

Liam no pudo evitar echarse a reír al oír aquella respuesta.

–Había oído de gente que tiene como meta escalar el Everest, pero es la primera vez que conozco a alguien que se moría por pintar una pared.

Jenna sonrió divertida.

–Bueno, supongo que depende de lo que uno ha hecho o no ha hecho en la vida.

–Supongo que sí –Liam se apartó de la puerta y se paseó por la habitación, escudriñando su trabajo.

–No está muy mal, ¿no? –le preguntó ella, nerviosa por cuál sería su veredicto.

Había algunas partes que necesitaban un repaso, pero para ser su primera vez estaba bastante bien.

–Has hecho un buen trabajo.

Ella sonrió de oreja a oreja, feliz con aquel simple cumplido.

–Sé que algunos recovecos no han quedado muy bien, pero pensaba repasarlos después.

–¿Qué te parece si voy a cambiarme y te echo una mano? –le propuso Liam–. Conozco unos cuantos trucos muy útiles.

Quizá no fuera buena idea pasar más tiempo a solas con ella del necesario, pero le parecía feo irse a dormir y dejar que acabase de pintar las habitación ella sola.

–No hace falta –le aseguró ella–; además, has tenido un día muy largo.

–Tú has acabado tu jornada y ahora estás haciendo horas extra –apuntó él–. Y hablando de tu trabajo… ¿dónde está Bonnie?

Jenna se frotó la frente con el dorso de la mano, dejando una mancha de pintura en ella.

—Está durmiendo en el cuarto de Meg. Y a Meg la he puesto en mi cuarto. Solo serán un par de días, hasta que la pintura se haya secado del todo.

Liam asintió.

—Entonces entro un momento a ver a Bonnie, me cambio y vuelvo.

Salió, y entró a ver a su hijita, que estaba profundamente dormida. Era un milagro, pensó mientras miraba su dulce carita, y como tantas otras veces se le hizo un nudo de emoción en la garganta. ¿Se sentiría alguna vez digno de ella?

Pocos minutos después Liam volvía con Jenna tras haberse cambiado de ropa. Se había puesto una camiseta que resaltaba su torso esculpido y unos vaqueros gastados que moldeaban sus fuertes muslos.

—¿Por dónde quieres que empiece? —le preguntó.

Jenna tuvo que tragar saliva para poder hablar.

—Pues quizá por las esquinas; no se me dan muy bien, como puedes ver.

—Nada sale perfecto a la primera —Liam puso los brazos en jarras y paseó la mirada por la habitación—, pero como te he dicho antes, para ser la primera vez, has hecho un buen trabajo.

—Eso es muy amable por tu parte —contestó ella, sintiendo que le ardían de repente las mejillas.

Liam tomó una brocha y la mojó en el bote de pintura amarilla.

–No es un halago; es la verdad. Soy un tipo muy simple, de blanco o negro, de datos y cifras. Para mí las cosas están bien hechas o mal hechas.

Jenna se preguntó si de verdad se veía así. Lo había dicho en un tono serio, pero aquel era el hombre que había creado un lirio bellísimo, y que había tomado las hermosas fotografías de flores que adornaban las paredes de su dormitorio y el de Meg. ¡Había tantas preguntas que quería hacerle! Pintaron en silencio unos minutos antes de que reuniera el valor suficiente para formularle una de ellas.

–¿Puedo preguntarte algo personal?

–Adelante –respondió él, y luego, en un tono socarrón, mientras se agachaba para pintar la parte baja de una esquina, añadió–: Aunque me reservo el derecho a no contestar.

Jenna dejó en el aire el rodillo de pintura que tenía en la mano y escogió sus palabras con cuidado. Sabía que estaba adentrándose en un terreno de arenas movedizas, pero le parecía que era un tema importante.

–Trabajas muchas horas; ¿no preferirías pasar más tiempo con Bonnie?

Él se encogió de hombros y siguió pintando.

–Pues claro, pero también tengo otras responsabilidades de las que debo ocuparme.

–Le dijiste a Katherine que uno de los motivos por los que me habías contratado era para no cargarla con demasiado trabajo –le recordó Jenna–. ¿No crees que deberías aplicar el mismo principio contigo para equilibrar tus obligaciones?

Liam se sacó del bolsillo un rollo de cinta protectora y se puso a cubrir con ella las esquinas del marco de la ventana.

–Una de las obligaciones de un padre es asegurarse de que a sus hijos no les falte de nada –le dijo–. Y a veces eso implica más horas de trabajo.

Aunque habría querido ver la expresión de su rostro cuando le respondió, Jenna siguió su ejemplo y continuó pintando mientras hablaba.

–Pues mis padres le dieron prioridad a su trabajo frente a pasar tiempo con sus hijos, y me parece que es un error –en realidad su trabajo eran sus deberes como monarcas, pero para el caso era lo mismo–. A Bonnie no le importa de qué marca son los pañales que usa, ni si tiene un carrito último modelo; lo que de verdad le importa es que estés con ella, que la tengas en brazos, que le des cariño.

Como Liam se quedó callado Jenna se aventuró a lanzarle una mirada, y lo pilló exhalando un suspiro y rascándose la nuca con la mano libre.

Jenna contrajo el rostro, pero ya que había llegado hasta allí, debería terminar lo que había empezado. La bandeja del rodillo estaba casi vacía, así que vertió en ella un poco más de pintura mientras le decía:

–¿Sabes qué creo?

–Dispara –le respondió él en un tono cansado.

–Creo que en cierto modo para ti la ciencia es

un parapeto –le dijo Jenna, escogiendo sus palabras con cuidado–. Los bebés y el amor son algo impredecible y complicado. La ciencia en cambio es lógica, y en ese sentido es más sencilla que la vida real.

–Eso es verdad –admitió él–. La ciencia se rige por leyes, todo es constatable, y no hay sitio para la mentira.

Se hizo un silencio repentino, como si los dos se hubiesen dado cuenta de lo profunda que era aquella revelación accidental. Una parte de ella le decía que lo dejase estar, que no se metiese en lo que claramente era algo personal, pero la otra no quería cerrar aún aquella ventana al hombre que la tenía fascinada.

–Pero la gente sí miente; ¿es eso lo que quieres decir? –le preguntó.

Le lanzó una mirada y lo vio encogerse de hombros.

–A veces pasa.

–¿Como Rebecca, que no te dijo que estaba embarazada?

–Ese es un ejemplo –admitió él, y cambió de postura para pintar el poyete de la ventana, como si no tuviese mayor importancia.

Jenna vaciló un momento.

–Sé que solo soy la niñera de tu hija, y no tienes por qué contarme nada, pero si necesitas hablar…

Durante un buen rato Liam no dijo nada, pero luego se aclaró la garganta y comenzó a hablar.

–Cuando tenía once años nos mudamos aquí.

Acababa de terminar primaria y empecé la secundaria. Mis padres pensaron que me adaptaría bien porque todos los chicos de mi edad éramos nuevos en la escuela.

–Pero no fue así –adivinó ella.

Liam asintió.

–Los amigos que había tenido en primaria eran chicos que ayudaban a sus padres en sus granjas después de las clases, igual que mis hermanos y yo. Los chicos de mi nueva escuela no tenían ninguna responsabilidad, y estaban obsesionados con la ropa de marca y cosas así.

A Jenna se le encogió el corazón al imaginarlo; debía haberse sentido como un pez fuera del agua. Sin embargo, sabiendo que no querría que lo compadeciese, le dijo en un tono neutral:

–Debió ser todo un choque cultural para ti.

–Sí que lo fue –contestó él poniendo más cinta protectora–. Y luego, cuando el negocio familiar empezó a prosperar, nuestros padres nos enviaron a un prestigioso colegio privado.

Jenna contrajo el rostro, imaginándose cuál había sido el resultado.

–Lo cual fue aún peor –dedujo.

–Ya lo creo –asintió él con una risa amarga–; un montón de niños ricos mimados. Alardear y exagerar era algo que estaba a la orden del día, y había mucha competitividad. Todo tenía un precio y nada era lo que parecía.

Jenna había conocido a chicos y chicas así en su adolescencia, que le habían dicho que querían ser sus amigos cuando en realidad solo les había importado su título y no ella como persona.

—A mí, que era un chico de campo, todo aquello me era extraño —añadió Liam.

—Y seguro que ahora eres más rico que muchos de ellos.

—Sí, pero hay una diferencia entre nosotros, los nuevos ricos, que hemos hecho fortuna a golpe de sudor; y ellos, que la han heredado. La gente que ha nacido con dinero y privilegios son una especie aparte.

Jenna no pudo evitar sentirse dolida al oírle decir aquello.

—No les tienes mucha simpatía, ¿eh? —observó.

—Parten con ventaja en la vida desde que nacen, y eso es no es jugar limpio.

Si Liam supiese quién era en realidad lo tomaría como una prueba más a favor de su teoría, y ese pensamiento la hizo sentirse incómoda. Por alguna razón la opinión de Liam le importaba; quizá más de lo que debería.

—¿Sabes? —le dijo dejando el rodillo en la bandeja—. Es un poco tarde; deberíamos dejarlo por hoy. Te agradezco mucho que me hayas ayudado —le dio la espalda para tomar un trapo de suelo y mientras se limpiaba las manos con él añadió, sin volverse—: Vete a la cama; recogeré las cosas y acabaré mañana.

Liam se acercó a ella y le puso una mano en el hombro.

—Jenna —le dijo haciéndola volverse hacia él—,

perdona si te he hecho sentir incómoda contándote todo eso.

Su proximidad hizo que el corazón le latiera más deprisa. El contraste entre esa sensación y la tirantez en el pecho por estar engañándolo era casi insoportable.

–No has dicho nada malo; es que estoy cansada.

–Te ayudaré a recoger –le dijo él, dejando caer la mano.

No era una buena idea. Cinco minutos más con él y acabaría empujándolo contra una pared y besándolo para dar salida al deseo y la confusión que la embargaban. O confesándole su secreto, y entonces la vería como a esa gente de la que había estado hablándole.

Esbozó una sonrisa forzada y le dijo:

–No hace falta, de verdad; no tardaré nada. Hasta mañana.

Liam se quedó un buen rato allí de pie, mirándola con el ceño fruncido. Luego, asintió lentamente y respondió también con un «hasta mañana» y se marchó.

Capítulo Cinco

El sol de la tarde, que entraba por la ventana del cuarto de Bonnie, recortaba la silueta de Jenna mientras le daba los últimos toques con pintura blanca al marco de la ventana.

Como no lo había oído llegar, se quedó en la puerta observándola, admirando la belleza de aquella mujer que de repente se había convertido en parte de su vida.

Debió hacer algún ruido sin darse cuenta, porque en ese momento Jenna dio un respingo y se volvió hacia él.

–Ah. Eres tú –dijo con su acento musical.

–¿Y las niñas? –inquirió él, entrando en la habitación.

Jenna se agachó para dejar la brocha en el borde del bote de pintura.

–Bonnie está dormida, y Katherine se ha llevado a Meg de paseo.

–¿Katherine? –repitió él incrédulo.

–Se ofreció ella. Me dijo que así podría acabar antes de pintar la habitación, pero creo que es porque se está encariñando con Meg.

En los ocho años que Katherine llevaba trabajando para su familia, no había dado muestras de apego hacia nada ni nadie.

–La vida no deja de darte sorpresas –murmuró.

–Bueno, tampoco te pienses que ha dado un giro de ciento ochenta grados –le dijo ella con una media sonrisa–; sigo sin caerle bien.

Liam se rio.

–Entonces el universo vuelve a tener sentido.

Jenna alcanzó un trapo para limpiarse las manos.

–Si has entrado para ver a Bonnie puedo…

–No –la interrumpió él–. Ya he dado por terminada mi jornada.

Jenna lo miró con los ojos como platos.

–¿A las cuatro de la tarde?

Liam se metió las manos en los bolsillos y asintió.

–Tenías razón en lo que me dijiste anoche. Estaba equivocado; lo que Bonnie necesita es tener a su padre con ella. Y eso es lo que voy a hacer: pasar más tiempo con ella.

A Jenna se le humedecieron los ojos, pero parpadeó para contener las lágrimas y sonrió.

–Tiene mucha suerte de tener un padre como tú.

Liam se contagió de su emoción, y tuvo que carraspear para poder hablar porque se le había hecho un nudo en la garganta.

–Te agradezco el cumplido, pero los dos sabemos que como padre aún tengo un largo camino por recorrer.

–Todo en la vida requiere práctica, como pintar paredes.

Liam sonrió.

–Cierto. Por eso he delegado algunas tareas y proyectos en mis empleados. Mi plan es estar en casa todos los días sobre esta hora.

–Eso es estupendo, Liam. A Bonnie le encantará que puedas dedicarle más tiempo.

Jenna lo miraba con admiración, y no pudo evitar preguntarse si no habría tomado aquella decisión en parte porque ella se lo había sugerido. Querría pensar que simplemente se había dado cuenta de que aquello era lo correcto, pero no podía negar el efecto que Jenna tenía en él.

Debería responderle como un padre, y no como un hombre que estaba teniendo dificultades para apartar la vista de los labios de la niñera de su hija.

Se encogió de hombros e intentó que su tono resultara despreocupado.

–No puedo prometer que vaya a cumplirlo a la perfección, lo de estar en casa cada día a las cuatro, pero esa es la idea –le dijo–. Por cierto, ya que hablamos de Bonnie, he pensado que podría empezar por aprender a darle el biberón y cosas así. Te he visto hacerlo, pero me gustaría probar y poder hacerlo yo también cuando haga falta.

–Me parece muy bien –contestó Jenna, mirándolo con sus claros ojos azules y cautivándolo con los carnosos labios.

–De acuerdo –le dijo yendo hacia la puerta antes de sucumbir a la tentación de besarla–, pues avísame cuando le toque el siguiente biberón.

Liam se pasó la tarde tendido en el suelo del salón, jugando con Meg, mientras le preguntaba a Jenna su opinión respecto a distintos temas acerca de los cuales había estado leyendo en libros sobre el cuidado de los bebés.

Ya estaba atardeciendo cuando a través del receptor del vigilabebés se oyó el lloriqueo de Bonnie, que se había despertado.

–¿Vamos? –le preguntó Jenna a Liam, levantándose del sofá en el que estaba sentada leyendo un libro.

Él asintió antes de tomar a Meg en brazos y seguirla al piso de arriba. Mientras caminaba tras ella por el pasillo intentó, aunque sin mucho éxito, apartar la vista de sus caderas, que se contoneaban suavemente. Hasta su forma de andar era elegante, como si fuese una modelo caminando por una pasarela.

Cuando entraron en el cuarto de Meg, que aún era temporalmente el de Bonnie, Jenna se inclinó para sacar a la pequeña de la cuna, pero Liam le pidió que le dejara a él.

–Quiero aprenderlo todo –le dijo–. Tú ve explicándome qué tengo que hacer. Debo aprender a manejarme solo con ella.

Jenna tomó a Meg y asintió.

–De acuerdo.

Liam levantó a su hija con cuidado, sujetándole la cabecita. Bonnie, que no paraba de llorar, tenía la cara roja y agitaba los brazos.

–Shhh… Tienes que tener un poco de paciencia –le susurró Liam, acunándola en sus brazos.

Jenna se sentó en la mecedora con Meg en su regazo.

–Creo que necesita que le cambies el pañal –le dijo a Liam.

Él ya lo había hecho unas pocas veces, y consiguió completar la tarea sin incidentes.

–Listo –anunció levantando a la pequeña del cambiador, ya con el pañal limpio.

–Como todavía es temprano para darle el biberón puedes ponerla un ratito en su mantita de juegos y jugar con ella.

Su mantita de juegos… Liam miró a su alrededor, buscándola.

–¿Dónde la guardas? –le preguntó a Jenna.

–Está doblada en el último cajón de la cómoda. Le encanta el móvil de muñecos que lleva incorporado.

Liam extendió la mantita sobre la moqueta y tumbó a Bonnie en ella, pero no sabía cómo jugar con un bebé tan pequeño. Meg ya tenía un cierto control sobre sus brazos y piernas, y un entendimiento rudimentario de los sencillos juegos con los que la entretenía, pero con Bonnie se sentía perdido.

Se rascó la barbilla y se volvió hacia Jenna para pedirle ayuda.

–¿Cómo...?

–Túmbate a su lado y aprieta los animales del móvil –le dijo Jenna, adivinando el problema–. Como tienen varias texturas hacen ruidos diferentes, y a Bonnie le gusta oírlos.

Liam hizo lo que Jenna le decía, y se sorprendió al darse cuenta al cabo de un rato de que había perdido la noción del tiempo, embobado con las reacciones de su hija a cada muñeco.

–Creo que se está cansando –le dijo Jenna cuando Bonnie empezó a mostrarse quejosa de nuevo–. Ya está lista para que le des el biberón y la acuestes.

Liam tomó a Bonnie en brazos y recogió a regañadientes la mantita de juegos.

Bajaron a la cocina y Jenna le explicó cómo hacer el preparado para el biberón. De regreso al cuarto, Liam se sentó en el sillón con su hija.

–¿Sabes? –le dijo a Jenna–, en el hospital me explicaron cómo hacerlo, pero estaba tan abrumado que no presté suficiente atención.

–No pasa nada; lo harás bien –lo animó Jenna con una sonrisa–. Échala en tu antebrazo. Eso es. Y ahora inclina el biberón hacia ella y acércale la tetina a la boca. No tiene más misterio.

Bonnie no dejaba de agitar sus pequeños puños, pero en cuanto le acercó la tetina del biberón a la boca se quedó quieta y se concentró en succionar. Liam sonrió triunfal.

–¿Has tenido más noticias de los padres de Rebecca? –le preguntó Jenna.

Él suspiró.

–Nuestros abogados han hablado hoy por teléfono para ver si podíamos llegar a un acuerdo.

–¿Y no ha habido suerte?

–Quieren la custodia única de Bonnie, y no están dispuestos a ceder ni un ápice.

–No entiendo por qué quieren apartarla de ti.

–Mis abogados creen que están actuando así porque están enfadados conmigo por la muerte de su hija, y que por eso quieren el único vínculo que les queda de ella.

Jenna asintió.

–Bonnie.

–Sí –contestó él bajando la vista a su pequeña–, y están enfadados conmigo porque soy yo quien la tengo.

–Siento que te estén tratando así; no te lo mereces.

–No sientas lástima por mí –le dijo él–; en vez de eso podrías intentar animarme –añadió con una sonrisa, alzando la vista hacia ella–. Háblame de tu país.

La mirada de Jenna se tornó soñadora cuando empezó a hablarle de Larsland.

–El cielo es de un azul que no he vuelto a ver desde que me marché. En las viejas ciudades de las islas principales los construcciones modernas conviven con los antiguos edificios de piedra; algunos tienen cientos de años.

Liam bajó la vista a su hija. Bonnie lo miraba mientras bebía, parpadeando de cuando en cuando. Liam sonrió, y cuando volvió a mirar a Jenna se quedó cautivado una vez más por su belleza y la emoción en sus ojos mientras seguía hablándole de su país.

Nunca había deseado tanto besar a una mujer, y era irónico que esa mujer tuviese que ser precisamente la niñera de su hija. Estaba trabajando para él, y no podía cruzar la línea que los separaba.

–Danielle me ha dicho que os habéis vuelto a reunir hoy –comentó, en un intento por apartar esos pensamientos de su cabeza.

Le había pedido a su secretaria que hablara con Jenna para poner en marcha los preparativos de la fiesta del lanzamiento de su flor.

–Sí, esta mañana –contestó Jenna con una sonrisa–. Hemos hecho una lista de todo lo que tendremos que hacer la semana que viene. Ya ha reservado el hotel donde celebraremos la fiesta: The Gold Palm, y estamos preparando la lista de invitados. Ya va todo más o menos encarrilado.

–Gracias por ayudarme con eso –le dijo Liam.

–No hay de qué –respondió ella–; la verdad es que está siendo divertido.

–He estado pensando que ya que además de tus tareas como niñera te estás ocupando también de eso, debería pagarte un plus.

Jenna levantó una mano.

–No puedo aceptar más dinero –le dijo–. Ya me pagas bastante, y es Danielle quien lo está haciendo casi todo.

–Aun así no me parece bien que hagas un trabajo extra sin recibir remuneración alguna. Si no quieres dinero, ¿de qué otro modo podría compensarte? –le preguntó, mirándola a los ojos como si quisiera leerle la mente–. Dime algo que desees, Jenna.

A Jenna se le cortó el aliento. ¿Algo que deseara? A él; solo a él. Sin embargo, no iba a responderle eso. Se mordió el labio y apartó la mirada.

–No se me ocurre nada ahora mismo.

Liam enarcó una ceja.

–Pues eso ya es raro; todo el mundo desea algo. ¿Y si te pagara un billete de avión de ida y vuelta a tu país, para visitar a los tuyos una semana? Podría buscar a una persona que te sustituyera.

Jenna acarició la cabecita de su hija, que se estaba quedando dormida.

–No me siento preparada aún para volver.

–Bueno, también podría ser un viaje a otra parte. Y, si no quieres viajar, puedo darte alguna que otra noche libre. A Dylan suelen darle entradas para los estrenos de Hollywood. ¿Qué tal una noche en la alfombra roja?

¿Un estreno con un montón de cámaras y de prensa? Jenna se estremeció por dentro de solo pensarlo. Lo ultimo que necesitaba era aparecer al fondo de alguna foto que le hiciesen a un famoso y que esa imagen diese la vuelta al mundo.

–Creo que será mejor que vaya a acostar a Meg –dijo levantándose–; se está cayendo de sueño.

Necesitaba un momento a solas para pensar una respuesta.

Cuando regresó le dijo:

—Lo único que se me ocurre es un perrito para Bonnie, que vaya creciendo con ella.

En la corte tenían varios perros, y uno de los recuerdos más felices de su infancia era cuando sus padres le habían permitido tener su propio cachorrito.

—No me parece mal que Bonnie tenga un cachorro, pero yo me refería a algo para ti.

Jenna suspiró y sacudió la cabeza.

—Mira, Liam, este trabajo me ha venido como caído del cielo. Tengo un techo bajo el que vivir y puedo pasar todo el día con mi hija. Y Bonnie es como la guinda del pastel. La adoro, y Meg también.

Liam apartó el biberón vacío de los labios de su pequeña.

—Vas a tener que enseñarme cómo iba eso de hacer que eche los gases —le dijo, y a continuación, enarcando una ceja, añadió—: pero esta conversación aún no ha terminado.

—De acuerdo —contestó ella, yendo junto a él. Tomó el biberón de su mano para dejarlo sobre una mesita y sacó una toalla de la cómoda—. Te pones esto en el hombro —le indicó tendiéndosela—, y levantas un poco a Bonnie para que quede a la altura de su boca.

Liam hizo lo que le decía.

—Bien; ¿y ahora qué?

—Dale unas palmaditas en la espalda; así harás que eructe si lo necesita.

Al cabo de un rato Bonnie eructó, vomitando un poco de leche, y como Liam no se había puesto muy bien la toalla en el hombro, le cayó en la camisa.

Jenna se rio.

–No te preocupes; a mí me ha pasado un montón de veces.

Liam giró la cabeza para intentar ver la mancha.

–Vamos a tener que trabajar tu puntería, Bonnie –le dijo a su hija–; o yo tendré que aprender a poner bien la toalla.

–Déjame a Bonnie; así podrás quitarte la camisa y frotar un poco la mancha con una toallita antes de que se seque –se ofreció Jenna.

–Gracias –Liam le pasó a su hija–. Creo que le falta poco para quedarse dormida.

Jenna acunó a Bonnie, a quien ya se le habían cerrado los ojos, y la llevó a su cuna.

–Buenas noches, preciosa –le susurró.

Cuando se volvió, se encontró con el torso desnudo de Liam, que tenía la camisa en una mano.

–¿Te refieres a estas toallitas? –le preguntó.

Jenna tragó saliva y tuvo que hacer un esfuerzo para no quedarse mirando su pecho.

–Sí, deja que lo haga yo; tengo más práctica en esto.

Cuando fue a tomar el paquete de su mano para sacar una toallita, sus dedos se rozaron con los de él y, como atraídos por una fuerza magnética, sus ojos se encontraron.

De repente Jenna sintió mariposas en el estómago. Liam dio un paso hacia ella, levantó la mano para acariciarle la mejilla y cuando sus ojos bajaron a sus labios, el deseo se apoderó de Jenna.

Quería que la besara. Sabía que aquello no estaba bien, pero en ese momento era como si solo existiesen ellos dos, y Liam estaba tan cerca de ella que el corazón parecía que fuera a salírsele del pecho.

Liam inclinó la cabeza y le rozó suavemente los labios. Una deliciosa ola de calor se expandió por todo su cuerpo y un gemido escapó de su garganta. Y luego, cuando los labios de él se cerraron con más firmeza sobre los suyos y su lengua acarició la de ella, supo que había alcanzado el cielo.

Embriagada por el beso dejó caer el paquete de las toallitas y sus manos buscaron el torso desnudo de Liam, que se estremeció cuando lo tocó y soltó la camisa para asirla por las caderas y atraerla hacia sí.

A Jenna nunca la habían besado así. Era un beso intenso, glorioso, incontrolable, y habría caído al suelo si él no la hubiese estado sujetando, porque hasta le flaqueaban las rodillas.

Cuando despegó sus labios de los de ella, jadeante, habría querido pedirle que no parara, pero Liam se apartó.

–Jenna, esto no puede volver a ocurrir –dijo pasándose las manos por el cabello, como irritado consigo mismo.

–Lo sé –susurró ella, intentando recordarse por qué.

¿Por qué? Porque no podía poder en peligro su trabajo.

Liam frunció el ceño y añadió:

–Besar a una empleada va en contra del reglamento de Hawke´s Blooms.

–Pero yo no trabajo para la empresa de tu familia –apuntó ella.

¿Por qué había dicho eso cuando estaba de acuerdo en que aquello no había sido una buena idea?, se reprendió de inmediato.

–Da igual –Liam se frotó la cara con la mano–; mi comportamiento ha sido completamente inapropiado.

–Liam… No me malinterpretes; yo también creo que esto no debería haber ocurrido, pero, para que te quedes tranquilo, no me he sentido presionada en ningún momento; era algo que los dos queríamos.

–No sé si eso mejora las cosas o las empeora –replicó él con una expresión casi angustiada.

Jenna suspiró. Sabía a qué se refería. Resistir la atracción que sentía hacia él sería muchísimo más difícil ahora que sabía que él tenía los mismos pensamientos prohibidos que ella.

–La cosa es que aunque no estuviera mal, yo ahora mismo no estoy en situación de iniciar una relación. No con mi vida desbarajustada como está.

Liam frunció el ceño.

–¿Desbarajustada? Tienes un trabajo y un techo bajo el que vivir.

–Sí, es verdad, pero antes o después volveré a mi país, así que iniciar una relación ahora… sería una relación sin futuro posible.

–Bueno, al menos lo vemos de la misma manera –dijo Liam con tristeza.

Jenna se agachó para recoger el paquete de toallitas, y de paso recogió también la camisa de Liam y se la dio.

–Es mejor así –respondió.

Y, después de dejar las toallitas sobre el cambiador, se marchó antes de cambiar de opinión.

Capítulo Seis

Liam se detuvo en el vestíbulo al entrar en casa. Jenna estaba hablando por el móvil, y estaba hablando en su idioma. La única palabra que entendió fue el nombre de la persona con la que debía estar hablando, una tal Kristen. Sin darse cuenta, se encontró sonriendo. Le gustaba el tono musical de aquella lengua. Se imaginó a Jenna susurrándole palabras en esa lengua al oído, y de pronto le entraron ganas de ir junto a ella, quitarle el teléfono de la mano y besarla apasionadamente.

Jenna levantó la mirada en ese momento, y cuando lo vio su rostro reflejó un sentimiento de culpa. Liam frunció el ceño extrañado.

Jenna colgó y lo saludó con una sonrisa que resultó un tanto forzada. Quizá se sintiese culpable por el tema del que había estado hablando, pero eso tampoco tenía sentido, porque no había entendido una palabra.

—No te esperaba tan pronto —le dijo, en un tono exageradamente alegre.

Liam escrutó su rostro mientras le hablaba.

—Es que he pensado llevarme a Bonnie a dar un paseo con el portabebés.

–Me parece una gran idea –contestó ella, guardando el móvil en el bolsillo.

–¿Estabas hablando con alguien de tu país?, ¿de tu familia? –le preguntó él.

Sabía que no tenía derecho a entrometerse, pero no pudo resistir la tentación de pincharla un poco.

–Eh… no –los ojos de Jenna se desviaron hacia la izquierda–. Bueno, sí, con una amiga de mi país.

Liam avanzó unos pasos hacia ella.

–¿Está aquí, en América? Si quieres que venga a visitarte, por mí no hay problema.

–No, está en Larsland –contestó ella nerviosa.

–O si alguien de tu familia quiere venir a verte; ya sabes que tenemos un cuarto de invitados vacío al lado de la habitación de Katherine.

–Gracias por el ofrecimiento. Iré a por el portabebés y a por Bonnie –añadió, y abandonó a toda prisa el salón.

Liam la siguió con la mirada con cierto recelo. Era evidente que había algo raro. No debería sentirse molesto de que no quisiera hablarle de ello, pero no le parecía justo.

Él le había confiado a su hija, se había abierto a ella hablándole de Rebecca, acerca de sus temores como padre, e incluso le había mostrado el lugar donde trabajaba y el lirio que había creado.

Jenna, en cambio, no se había abierto a él en absoluto. De la única persona en su vida de la que le hablaba era de Meg. ¿Por qué? ¿Y por qué le dolía tanto? Se pasó las manos por el cabello, maldi-

76

ciendo entre dientes, y la siguió arriba, al cuarto de Bonnie. Quizá le iría mejor si dejase de obsesionarse con ella y con sus secretos. A partir de ese momento Jenna solo sería para él una empleada; nada más.

Liam se levantó de su mesa y se guardó el móvil en el bolsillo. Sus padres estaban a punto de tomar un vuelo que los llevaría a Oslo, la primera parada en su viaje de vuelta a Estados Unidos. Había conseguido hablar con ellos el día anterior para decirles que habían tenido una nieta y habían adelantado su regreso de inmediato. Estaban encantados con la noticia, y deseando conocer a Bonnie.

Salió del edificio y se dirigió hacia la casa para comunicarle a Jenna el regreso anticipado de sus padres. Podría haber llamado para decírselo, pero así tenía una excusa para ver a su hija.

Cuando entró en la casa oyó la dulce y clara voz de Jenna, cantando en su idioma. Estaba en el salón, sentada en el suelo frente al sofá, donde había sentado a Bonnie y a Meg.

Al oírlo llegar interrumpió su canción y lo saludó con una sonrisa.

–Ah, hola, Liam. Hay una pequeñaja aquí que seguro que está encantada de verte llegar tan pronto.

Liam se acercó, tomó a Bonnie en brazos y se sentó con ella en el sofá. Jenna lo imitó y se sentó a su lado con Meg en el regazo.

–No quería interrumpir –le dijo Liam–; solo me he pasado un momento para decirte que mis padres llegan mañana y vendrán de visita.

Jenna lo miró sorprendida.

–¿Tan pronto? Creía que estaban en Europa.

–Así es. Me ha costado ponerme en contacto con ellos, pero tenía que decirles que han sido abuelos, y han adelantado su regreso para conocer a Bonnie.

–Eso es estupendo –dijo Jenna con una amplia sonrisa–. Y no has interrumpido nada; solo les estaba cantando una canción de cuna de mi país.

Liam quería volver a oírla cantar. Su acento escandinavo lo había cautivado desde la primera vez que la había oído hablar, pero oírla cantar no había hecho sino aumentar la fascinación que sentía por su voz.

–Pues por mí puedes seguir; haz como si no estuviera –le dijo.

–Está bien –Jenna miró a Bonnie y a Meg–. ¿Por dónde íbamos, chicas? Ah, sí, ya me acuerdo.

Retomó la melodía, y las dos pequeñas se quedaron muy quietecitas, escuchándola embelesadas. Y Liam también. Jenna sonreía mientras cantaba, mirando a Bonnie y a Meg, y cuando terminó la canción les dio un beso a cada una.

–Ha sido precioso –dijo Liam cuando recobró el habla.

Jenna se volvió hacia él con una sonrisa deslumbrante.

–A los bebés la música les encanta; y más aún si

son sus padres quienes les cantan. ¿Por qué no pruebas a cantarle algo a Bonnie?

Liam se movió incómodo en su asiento, pero Jenna estaba mirándolo expectante.

–Es que no me sé ninguna canción de cuna. Bueno, me sé alguna, pero solo trozos; no recuerdo la letra entera.

Jenna le hizo cosquillas a Meg, que soltó una risita.

–Cantaría una contigo –le dijo a Liam–, pero las únicas que me sé son de mis país, y cantarla en mi idioma te resultaría un poco difícil.

Liam intentó que no se le notara demasiado el alivio que experimentó al oírle decir eso.

–Pues sigue cantándoles tú.

–Pero a Bonnie le encantaría que le cantaras algo –insistió Jenna, remetiéndose un mechón rubio tras la oreja–. ¿Y si cantamos otra cosa? ¿Te sabes *Edelweiss,* de *Sonrisas y Lágrimas?*

Él asintió con resignación.

–Cuando era niño mi madre siempre estaba viendo musicales, y esa película es una de sus favoritas.

–¿Qué os parece, chicas? –les preguntó Jenna a Meg y a Bonnie, haciéndoles cosquillas–. ¿Lo intentamos?

Al retirar la mano después de hacerle cosquillas a Bonnie, los dedos de Jenna le rozaron el muslo, y el corazón a Liam le palpitó con fuerza, pero ella no pareció darse cuenta del efecto que le había producido ese roce accidental.

En respuesta a la pregunta de Jenna, Meg dio un gritito de placer, y Bonnie se puso a patalear con entusiasmo.

—Creo que eso es un sí —dijo ella.

Empezó a cantar, y al poco él se le unió, sintiéndose algo incómodo al principio, pero con más confianza a medida que la letra avanzaba. Nunca había cantado delante de nadie, y menos a dúo, pero por algún motivo con Jenna no se le hizo raro.

El rostro de Jenna brillaba, y su voz angelical lo envolvía. Y cuando le sonrió, al desvanecerse en el aire las últimas notas, no pudo contenerse más y se inclinó para besarla en los labios.

Al principio Jenna no respondió al beso, pero tampoco intentó apartarse, y finalmente se dejó llevar. Sus labios eran tan dulces, tan sensuales...

Cuando Meg dio un gritito entusiasmado los dos se quedaron paralizados y se separaron de inmediato.

Mientras él intentaba recobrar la compostura, Jenna parpadeó y frunció el ceño ligeramente antes de dirigirse a las dos pequeñas.

—¿Sabíais que Liam cantaba así de bien? —les preguntó sin aliento—. Vamos a tener que pedirle que cante más a menudo, ¿a que sí?

Liam tardó un momento en darse cuenta de que Jenna estaba haciendo como si no se hubiesen besado. Debería estar agradecido de que no le hubiese dado importancia, pero por algún motivo le dolió.

–Yo no estoy tan seguro de que eso sea una buena idea.

–Pues a Bonnie le ha encantado –replicó ella–. Y esto no tiene nada que ver con lo de cantar, pero se me estaba ocurriendo que podrías hacerle unas fotos para tener un recuerdo de ella a esta edad. Los niños crecen muy deprisa.

–Bueno, creo que tengo una cámara pequeña arriba, en el dormitorio –dijo él.

–No, me refiero a fotos profesionales; si las haces con la cámara con la que fotografías las flores te saldrán unos retratos preciosos. Podrías colgar una o dos aquí, en el salón.

Liam sacudió la cabeza. Estaba seguro de que solo estaba sugiriendo aquello para no hablar de lo que acababa de ocurrir, pero aun así le respondió.

–No tengo experiencia haciendo retratos, pero me parece una buena idea; podrías buscar un fotógrafo profesional para que le haga unas fotos. Y de paso podría hacerle algunas a Meg también.

–Liam, las fotos que enmarcó tu madre y que están arriba no son las fotos de un aficionado. La luz, el ángulo que escogiste en cada una, la composición… Son buenas; muy buenas. Puede que te veas como a un científico, pero eres más que eso. Tienes un alma creativa.

Durante un buen rato Liam se quedó sin saber qué decir. Jenna había visto algo en él que nadie más había visto. Quizá había visto más allá de la coraza con la que solía distanciarse de la gente.

¿Y si bajaba aún más la guardia y acababa enamorándose de ella, de alguien que veía más allá de su fachada, alguien que veía al Liam de verdad? Si lo rechazaba sería doblemente doloroso, porque nunca se había mostrado tal y como era con ninguna mujer.

–Respecto al beso de antes… –le dijo en un tono tenso–. Lo siento; no volverá a ocurrir.

Las comisuras de los labios de Jenna se arquearon en una sonrisilla divertida.

–Eso ya lo dijiste la última vez.

–Y lo dije en serio. Es verdad que lo siento. Y los dos tenemos buenas razones para evitar que vuelva a ocurrir.

Jenna suspiró.

–Sí, es lo mejor –murmuró, en un tono tan triste que a Liam se le partió el corazón.

–Jenna, el que piense que no debería volver a pasar no significa que no haya sido un beso increíble –le dijo él mirándola a los ojos–. Lo ha sido, un beso increíble.

–Es verdad –asintió ella, y apartó la vista.

Liam se levantó y volvió a colocar a Bonnie en el cojín con la espalda apoyada en el respaldo, como estaba cuando había llegado.

–Debo volver al trabajo; nos vemos luego –le dijo a Jenna.

Y se dio media vuelta y se marchó.

***

Al día siguiente Jenna estaba sentada en el suelo de su dormitorio, jugando con Meg a hacer construcciones con unos bloques de madera cuando Liam se asomó a la puerta abierta.

–Ya están aquí mis padres –le dijo–. Debí imaginar que estarían tan impacientes que se vendrían directamente del aeropuerto –añadió a modo de disculpa.

Jenna se puso en pie como un resorte.

–Bonnie está dormida, pero no debería tardar en despertarse.

Liam asintió.

–Mis padres me han dicho que no la despertemos si está dormida, pero les gustaría conocerte.

–Claro, cómo no.

Era lógico que quisieran evaluar a la persona que estaba cuidando de su nieta. Los había visto alguna vez de pasada cuando habían ido a casa de Dylan, y se habían saludado, pero no habían hablado ni él se los había presentado formalmente.

Liam levantó a Meg del suelo y le hizo cosquillas debajo de la barbilla.

–¿Tú qué dices, Meg?, ¿quieres conocer a mis padres?

La pequeña, encantada de estar en sus brazos, dio un gritito de alegría y balbució, como si estuviese contándole cómo había sido su día. Y a Jenna, como tantas otras veces, se le encogió el corazón de pensar que Meg nunca conocería a su padre, y que un día, cuando dejase ese trabajo, perdería también a Liam.

–¿Lista? –le preguntó este, volviéndose hacia ella.

Jenna bajó la vista a su ropa: una falda larga de estampado floral y una camiseta de tirantes de color rojo. Quería que el señor y la señora Hawke se llevasen una buena impresión de ella como niñera, y no estaba segura de estar presentable. En la falda tenía manchas de témpera porque había estado pintando con los dedos con Meg hacía un rato, y su camiseta tenía unas cuantas arrugas porque su hija la había estrujado con sus manitas cuando la había tomado en brazos.

Bueno, si lo que quería era parecer una buena niñera, deberían pasar por alto esas cosas, pensó. Así que se alisó la falda con las manos, se remetió un mechón tras la oreja y asintió.

–Lista.

Tomó el receptor del vigilabebés y siguió a Liam al piso de abajo con Meg observándola por encima del hombro de él.

Cuando entraron en el salón la madre de Liam se acercó y la tomó de ambas manos para saludarla.

–Hola, Jenna, nos alegramos de volver a verte.

Aquel cálido saludo la hizo sentirse aliviada.

–Yo también, señora Hawke –respondió, apretando con suavidad las manos de la mujer.

–Llámame Andrea, por favor. Y a mi marido ya lo conoces también; Gary –dijo la madre de Liam señalando a su esposo con un ademán.

Este se acercó y se estrecharon la mano.

–Siento que Bonnie esté aún durmiendo, pero no creo que tarde en despertarse.

–No pasa nada; esperaremos –dijo Andrea–. Y entretanto puedes presentarnos a esta niña tan bonita. Tú debes de ser Meg –tendió las manos hacia su hija, que seguía en brazos de Liam, pero vaciló–. ¿Te importa, Jenna?

–No, por supuesto que no; adelante. A Meg le encanta conocer a gente nueva.

Andrea tomó de brazos de Liam a la pequeña, que miró a su alrededor hasta encontrar a su madre y sonrió. Jenna la saludó con la mano con otra sonrisa, y Meg se volvió para mirar con curiosidad a los desconocidos.

Liam se metió las manos en los bolsillos del pantalón.

–¿Queréis pasar al baño a refrescaros un poco mientras esperáis? –le preguntó a sus padres.

–No, no vamos a quedarnos mucho rato –respondió su madre, sentándose en el sofá con Meg–. Solo queremos conocer a nuestra nieta, y luego te dejaremos tranquilos; seguro que tienes un montón de cosas que hacer.

Gary se volvió hacia Jenna con las manos en los bolsillos, como su hijo.

–Eres de algún país escandinavo, ¿no?

–De Larsland –contestó ella asintiendo.

Gary sonrió.

–¡Ah!, ¡Larsland! Formaba parte de nuestro itinerario, pero al final, como adelantamos el regreso, no hemos podido ir.

Jenna dio gracias a Dios por eso. Si hubiesen ido allí y hubiesen visto una foto suya en alguna parte podrían haberla reconocido y haber descubierto su verdadera identidad.

–Es una lástima –respondió–, pero es lógico que estuvierais deseando conocer a Bonnie. Es un encanto de bebé.

–Sí, estamos impacientes por verla –dijo Gary–. Quizá podamos ver tu país en otra ocasión. Incluso habíamos hecho una reserva para una visita guiada al palacio real. ¿Has estado allí?

Jenna se quedó paralizada un instante.

–Pues… –tragó saliva–. Pues claro. Siempre digo que hay que empezar por conocer bien el país de uno antes de viajar al extranjero.

En ese momento se oyó un suave lloriqueo a través del receptor del vigilabebés.

–Ya voy yo –dijo Liam.

Jenna habría querido ir ella para escapar de aquella conversación, que se estaba tornando peligrosa, pero, antes de que pudiera decirle nada a Liam, él ya se había ido.

Gary fue hasta la puerta corredera de cristal que daba al vivero de flores y exhaló un largo suspiro de satisfacción.

–Parece que este año la cosecha va a ser excepcional.

Su mujer se levantó, con Meg en la cadera, y fue junto a él.

–No hay nada comparable a esta vista –murmuró.

Jenna fue con ellos y admiró también las hileras de flores de brillantes colores.

–No sé cómo pudieron dejar esto. A mí me encanta levantarme y ver todas esas flores desde mi ventana.

Meg extendió sus bracitos hacia ella, y Andrea se la pasó con una sonrisa.

–Bueno, después de quince años cultivando flores soñábamos con vivir en un apartamento sin jardín para no tener que cortar el césped ni cuidar las flores –le explicó.

Gary se rio.

–Nos parecía que nos sentiríamos liberados.

–Me lo imagino –dijo Jenna. Sus hermanos y ella habían hablado un sinfín de veces acerca de la libertad que tendrían si les hubiera tocado vivir una vida distinta, si no pertenecieran a la realeza–. A veces las responsabilidades pueden convertirse en un agobio.

–Sí, y uno siempre quiere lo que no tiene –comentó Gary con marcada ironía.

Jenna ladeó la cabeza.

–¿No estáis llevando bien el cambio?

Andrea se encogió de hombros.

–No, estamos muy contentos, y probablemente nos ha venido bien cambiar, pero en el fondo seguimos siendo gente de campo. Jamás estaremos más a gusto que hundiendo en la tierra nuestras manos.

Gary rodeó con el brazo los hombros de su mujer.

–No hay nada como ver crecer una planta y que se llene de flores –dijo, y a Jenna no se le escapó la nostalgia que rebosaba la mirada que cruzaron.

En ese momento apareció Liam con Bonnie en sus brazos. Cuando se la pasó a su madre, el orgullo que sentía se hizo evidente en su rostro.

–Es una preciosidad –murmuró Andrea, con lágrimas en los ojos al tomar a su nieta.

Al padre de Liam también se le saltaron una lagrimillas, que enjugó con la mano antes de darle un fuerte abrazo a su hijo.

Jenna, conmovida, se puso a Meg en la cadera y se alejó hacia el arco que conducía a la cocina. Liam, que debió verla por el rabillo del ojo, la llamó.

–Jenna, ¿adónde vas?

–Iba a dejaros un momento a solas –explicó ella.

–No hace falta que te vayas –le dijo Andrea–. Meg y tú sois una parte muy importante en el día a día de nuestra nieta.

–Sí, quédate, por favor –le insistió Gary–. A menos que tengas algo que hacer, por supuesto.

Vacilante, Jenna fue a sentarse en el sofá y las miradas de Liam y su padre volvieron a Andrea, que le besó la mejilla a Bonnie y la acarició con ternura.

–Es una verdadera tragedia lo de su madre –dijo.

–Sí que lo es –dijo Liam con la voz tensa, como si se le hubiera hecho un nudo en la garganta.

–¿Y sus otros abuelos? –preguntó Andrea–. ¿Han venido a visitarla?

Liam miró a Jenna un instante, y luego a sus padres.

–Es… complicado. Van a demandarme porque quieren hacerse con la custodia de Bonnie.

–¿Que van a hacer qué? –exclamaron sus padres al unísono.

–Según parece han estado recopilando «evidencias» de que no soy apto para ejercer de padre –levantó la mano para frenar la indignación de ambos–. Pero no hay por qué preocuparse; mis abogados ya se están ocupando del asunto.

–Es increíble que la gente pueda ser así… –murmuró su padre, sacudiendo la cabeza.

Como Meg se estaba revolviendo en sus brazos, Jenna la bajó al suelo, y la pequeña fue gateando hasta Liam, que la levantó y la tomó en brazos de manera automática, mientras les explicaba a sus padres el encuentro con los padres de Rebecca en el hospital. Su madre, a quien aquel detalle no le había pasado desapercibido, miró a Jenna, y una sonrisa extraña, como de secreta complicidad, afloró a sus labios.

A Jenna el corazón le dio un vuelco y se levantó abruptamente.

–Voy a prepararle el biberón a Bonnie.

Liam asintió.

–Espera, te echaré una mano.

Andrea volvió a sonreír y le pidió a su marido que tomara él en brazos a Meg.

–Por nosotros no os deis ninguna prisa –les dijo a Jenna y a Liam–; estamos encantados con estas dos chiquitinas.

Jenna sintió que se le subían los colores a la cara. Ahora no solo estaba ocultando a los demás quién era, sino también lo que sentía por Liam, pensó, y maldijo para sus adentros la telaraña de mentiras que había tejido.

Capítulo Siete

Cuando entraron en la cocina, Liam se dio cuenta de que Jenna estaba colorada.

–¿Estás bien? Pareces aturullada.

Jenna se mordió el labio, como si estuviese debatiéndose entre explicarle qué le ocurría o guardárselo para sí. Finalmente contrajo el rostro y le dijo:

–Tu madre cree que hay algo entre nosotros.

Liam frunció el ceño.

–¿Qué te hace pensar eso?

–Lo he visto en sus ojos.

–Bueno, en parte no se equivoca, porque es verdad que hay una fuerte atracción entre nosotros, solo que hemos acordado no explorarla.

Cuando Jenna se quedó mirándolo y se humedeció los labios con la lengua, una ola de calor le descendió desde el estómago a la entrepierna.

–Jenna –le dijo apretando los dientes–, ya que hemos acordado que no queremos complicaciones, te agradecería que no hicieras eso.

Ella volvió a sonrojarse y se dio la vuelta para abrir el armarito de la leche de Bonnie.

–A tus padres se les cae la baba con Bonnie –dijo de sopetón.

–Sí, es verdad –asintió él con una sonrisa–. Llevaban un montón de tiempo diciendo que estaban deseando tener nietos.

–¿Sabes? –le dijo Jenna volviéndose lentamente hacia él–, creo que se arrepienten de haberte vendido la casa y haberse marchado de aquí.

Liam sacudió la cabeza.

–Eso no tiene sentido; decían que lo que querían era descansar, viajar… Y vivir en un sitio donde pudiesen ir caminando. Por eso se compraron un apartamento en Los Ángeles.

–Quizá se han dado cuenta de que esa clase de vida no está a la altura de las expectativas que tenían –apuntó mientras preparaba la leche de Bonnie–. No sé, a lo mejor deberías hablarlo con ellos.

Liam no acababa de entender.

–¿Crees que debería devolverles la casa e irme a vivir a otro sitio?

–No, no es eso lo que quería decir –replicó ella frunciendo el ceño–. Ahora este es tu hogar. Además, a lo mejor estoy equivocada. Y si no, puede que haya otra solución.

Liam se apoyó en el mueble que tenía detrás y se cruzó de brazos, pensativo. ¿Podría ser que sus padres estuviesen teniendo dudas? Y si fuera así, ¿cómo era que había tenido que ser una persona ajena a la familia quien se había dado cuenta?

Pasaban un poco de las siete de la tarde cuando Liam llegó a casa. Jenna había bañado a Bonnie y a

Meg y les había puesto el pijamita. Luego, Katherine la había ayudado a bajarlas al salón para que Liam les diese a las pequeñas las buenas noches antes de acostarlas.

–Siento llegar tarde –dijo nada más entrar por la puerta.

–No tienes que disculparte –replicó Jenna con una sonrisa–. Además, hasta ahora has cumplido casi todos los días con lo que te habías propuesto.

Katherine, que estaba sentada a su lado en el sofá, con Meg en su regazo, se levantó de repente, poniéndose a la pequeña en la cadera.

–Pues ya que hablamos de disculpas, yo también tengo algo por lo que quiero disculparme.

Jenna se quedó mirándola anonadada.

–¿Disculparte por qué? –inquirió Liam.

La asistenta, con la misma expresión severa de siempre, alzó la barbilla y respondió:

–Porque no he hecho nada de cena.

Jenna frunció el ceño. Hacía un par de horas había entrado en la cocina para darle algo de picar a Meg y la había visto removiendo una salsa que burbujeaba en una cazuela.

–Pero si antes estabas…

–Como acabo de decir –la cortó Katherine–, lo siento mucho, señor Hawke. En compensación me quedaré cuidando de las niñas mientras usted lleva a la señorita Peters a cenar fuera. Esta noche me llevaré a Bonnie a mi cuarto y pondré el vigilabebés en el de Meg; así no tendrán que preocuparse por la hora a la que vuelvan.

Liam se frotó la barbilla con la mano.

–Estoy seguro de que podemos apañarnos con lo que haya en la nevera, Katherine –le dijo.

La espalda de la asistenta se puso rígida y se quedó mirándolo casi con desdén.

–La señorita Peters ha estado matándose a trabajar: levantándose de madrugada, pintando el cuarto… Ya va siendo hora de que se tome una noche libre y salga a distraerse un poco. Las niñas estarán bien conmigo.

Jenna no podía dar crédito a lo que estaba oyendo de labios de Katherine. ¿Estaba haciendo de celestina con Liam y con ella?

Liam esbozó una sonrisa y se volvió hacia ella.

–Bueno, en eso Katherine tiene razón. Te mereces distraerte un poco. Subiré a darme una ducha rápida y a cambiarme de ropa.

Katherine asintió satisfecha.

–Eso, y mientras yo llamaré mi hermano para que les reserve una mesa.

Liam le puso una mano en el hombro a Jenna, que seguía boquiabierta, y le dijo con una mirada divertida:

–Ponte algo elegante; el hermano de Katherine es el chef de uno de los restaurantes de moda de Los Ángeles.

–Eso es si puede conseguirles una mesa –apostilló Katherine en un tono agrio, no fuera a ser que creyeran que de repente se había vuelto toda bondad.

Liam le dio un beso a Bonnie y se fue escalera

arriba, subiendo los escalones de dos en dos, mientras Katherine llamaba por teléfono y Jenna seguía patidifusa.

Liam tomó un sorbo de vino y paseó la mirada por el restaurante, que estaba a rebosar. La comida era deliciosa.

El camarero les retiró los platos y les dejó la carta de postres.

—¿Qué te apetece? —le preguntó Liam a Jenna.

La conversación que habían mantenido durante la cena había sido interesante. Jenna estaba bien informada de todo lo que acontecía en el mundo y hablaron de política, de ciencia, de historia… Y sin embargo, aun hablando de cosas tan impersonales, la atracción que sentía por ella no dejaba de aflorar una y otra vez. Tenía que andarse con cuidado, no fuese a soltar alguna tontería como «ven a mi cuarto esta noche; quiero arrancarte con los dientes esa blusa que llevas». La sola idea hizo que le entrara calor de repente, y trató de distraerse echándole un vistazo a la carta.

—Pues soy incapaz de decirle que no a una tabla de quesos —dijo Jenna—. Y menos aún si también lleva fruta, como la que viene aquí —añadió señalando la carta—. ¿Y si pedimos una para los dos y la compartimos?

—Claro.

Liam llamó al camarero y le pidieron la tabla de quesos y café.

–¿Sabes? –le dijo Jenna mirando a su alrededor con una sonrisa–, creo que esta es mi primera salida desde que nació Meg.

Liam ladeó la cabeza.

–¿En serio?, ¿ni una sola vez?

Jenna se encogió de hombros, como si no tuviera la menor importancia.

–Cuando trabajaba para Dylan iba a la compra y hacía recados mientras Meg estaba en la guardería, pero nunca salí de noche.

Liam no sabía cómo lo hacía. Parecía llevar lo de ser madre soltera con tanta calma y tanta confianza en sí misma que la envidiaba.

Tomó otro sorbo de su copa y le preguntó:

–¿Piensas mucho en cómo te las apañarás con Meg cuando sea un poco más mayor?

Jenna se quedó callada un momento antes de responder.

–A veces. ¿Y tú?

Liam asintió.

–Me da pavor.

El camarero regresó con los quesos y los cafés.

–Seguro que antes o después encontrarás a una mujer maravillosa y no tendrás que criar solo a Bonnie –le dijo pinchando un trozo de pera.

Cuando se lo llevó a la boca, Liam tuvo que tirarse del cuello de la camisa, que de repente estaba asfixiándolo, y se esforzó por apartar la mirada de sus labios.

–Yo no lo tengo tan claro –contestó contrayendo el rostro.

Jenna lo miró con incredulidad.

–Eres guapo y tienes dinero; ¿no querrás hacerme creer que ninguna mujer quiere salir contigo?

–Salir es una cosa –contestó él tomando con los dedos un trozo de queso azul–, encontrar a una mujer que quiera ejercer de madre de una niña que no es hija suya, en cambio, es algo completamente distinto.

Jenna se mordió el labio y frunció el ceño.

–Bueno, puede que no sea la próxima mujer con la que salgas, pero seguro que un día la encontrarás.

–Las mujeres con las que suelo tratar son mujeres ricas, que viven por y para los eventos sociales a los que las invitan –cortó un trozo de queso brie y lo puso en un panecillo.

–Siento ser yo quien te dé la noticia –le dijo Jenna, sin poder reprimir una sonrisa divertida–, pero tú también eres rico.

Sí, pero al contrario que esas mujeres no siempre lo había sido. Quizá para Jenna la diferencia no fuese tan obvia, pero para él era un muro infranqueable.

–Como te conté, mis padres empezaron con muy poco, y nos inculcaron a mis hermanos y a mí los valores del trabajo, del esfuerzo… Para casarme con una mujer y escogerla como madre para Bonnie tendría que tener esos mismos valores, y las mujeres de las que te hablo no los tienen.

Jenna enarcó una ceja.

–Lo que estás diciendo es bastante prejuicioso.

Liam no podía negarlo. No dudaba la posibilidad de que algunas personas pudiesen criarse en un entorno de lujos y privilegios y mantener la cabeza sobre los hombros, pero entre las mujeres que conocía no había ninguna así.

–Quizá –admitió–, pero tampoco me gusta todo ese glamour que las rodea, siempre asistiendo a fiestas, codeándose con otros personajes ricos y con la gente famosa.

Jenna dio un respingo que a Liam le habría pasado desapercibido si no hubiese estado mirándola, pero de inmediato recobró la compostura.

–Es un mundo al que no querrías pertenecer, ¿no? –le dijo.

–Exacto. No puedo imaginarme nada peor que tener que asistir un día sí y otro también a esa clase de eventos en los que tienes que sonreír todo el tiempo y hablar de trivialidades. Creo que Bonnie y yo tendremos que apañárnoslas solos. Y entre tanto te tenemos a ti, así que no todo está perdido.

De pronto una idea le cruzó por la mente a Liam. Katherine llevaba años trabajando para su familia. Quizá si le ofreciese a Jenna mejorar sus condiciones de trabajo consiguiese convencerla para que se quedase en Estados Unidos.

Claro que ese plan implicaba que ella seguiría viviendo bajo su techo, y que, según el acuerdo al que habían llegado, no podría volver a besarla, ni a tocarla. ¿Cómo iba a ser capaz de hacer eso durante años, cuando no estaba seguro de que fuera a poder controlarse siquiera hasta el final de la cena?

***

Cuando Liam aparcó el todoterreno delante de la casa, Jenna intentó contener la decepción que sentía porque la velada hubiese llegado a su fin. Al fin y al cabo no era una cita de verdad. Cuanto antes subiese y se metiese en la cama, mejor.

Pero entonces Liam se inclinó hacia ella y le acarició la mejilla, y sus intentos de ser sensata se esfumaron. Jenna se estremeció, pero no se atrevía a moverse, debatiéndose entre el deseo y la duda.

–Gracias por esta velada tan agradable –le dijo Liam.

Y, aunque dejó caer la mano, la conexión entre ellos no se desvaneció. Era como si el aire dentro del todoterreno se hubiese cargado de electricidad estática.

De nada serviría que negase que quería que la besara. Nunca había deseado algo tan desesperadamente. Y él tampoco parecía estar haciendo esfuerzo alguno por negar lo evidente.

Jenna entreabrió los labios e inspiró temblorosa, pero Liam no se inclinó más para besarla. Los dos se quedaron quietos, y vio frustración en los ojos de él.

–Deberíamos entrar a ver cómo están las niñas –dijo, y abrió su puerta.

Jenna parpadeó. Las niñas… Aquello la devolvió al mundo real; era la niñera y aquello no había sido una cita.

Recobró la compostura y entró en la casa con Liam. Katherine les había dejado una nota en la mesita alta del vestíbulo diciéndoles que las niñas no le habían dado ningún problema.

—Bueno, pues buenas noches —le dijo.

—Cuando salgo con una chica, a la vuelta siempre la acompaño hasta su puerta —dijo él, haciendo un ademán en dirección al dormitorio de ella.

—Es muy caballeroso por tu parte —respondió Jenna insegura.

Cuando llegaron a la puerta se volvió hacia él. Liam apoyó el hombro en el marco, derritiéndola con la mirada. De repente Jenna ya no quería hacer lo que se suponía que debía hacer; quería correr riesgos. Se humedeció los labios con la lengua y murmuró:

—¿Y no es parte del ritual también un beso de buenas noches al llegar a la puerta?

Liam escrutó su rostro.

—¿Quieres que te bese? —le preguntó con voz ronca.

—Ya lo creo que quiero —respondió ella en un susurro.

Liam se inclinó y tomó sus labios con un beso dulce y tierno. Sus manos buscaron las de ella, y sus dedos se entrelazaron. Cuando a Jenna le flaquearon las rodillas, apoyó la espalda contra la puerta y Liam se apretó contra ella. El calor de su cuerpo la abrasaba a través de la ropa.

Liam despegó sus labios de los de ella, jadeante. Jenna decidió arriesgarse de nuevo.

–¿Quieres pasar a tomar un café?

Los ojos verdes de Liam se oscurecieron, pero las comisuras de sus labios se arquearon en una sonrisa.

–Se te olvida que esta es mi casa y que sé que en este cuarto no hay ninguna cafetera.

–Es verdad. Pero si te sirve creo que en el bolso tengo una barrita de chocolate, y en la mesilla de noche una botella de agua –Jenna giró el pomo y abrió la puerta detrás de ella.

–Es una oferta muy tentadora –murmuró Liam jugando con un mechón rubio de su cabello–. Pero ahora en serio, Jenna: ¿estás segura de que quieres que entre? Con una palabra tuya bastará para que me vaya a mi habitación; tú decides.

Jenna exhaló un largo suspiro.

–Liam, podría darte al menos cinco buenas razones por las que deberíamos darnos las buenas noches aquí, en el pasillo, y dejarlo. Y estoy segura de que tú tienes otras tantas.

Liam enarcó una ceja, esperanzado.

–¿Pero…?

–Pues que no quiero dejarlo ahí.

Liam tragó saliva.

–Yo tampoco. Entonces… ¿qué hacemos?

Buena pregunta.

–¿Y si hacemos una excepción solo por esta noche?

El deseo brilló en los ojos de Liam.

–Bueno, desde luego las razones por las que no deberíamos hacer esto no van a desaparecer –murmuró deslizándole un dedo por la garganta–, pero supongo que podríamos dejarlas aparcadas aquí fuera. Seguro que mañana por la mañana estarán esperando pacientemente a que las recojamos.

–Cierto. Y no estaríamos haciendo nada malo porque…

Liam la interrumpió con un beso cargado de pasión; la pasión que habían estado conteniendo.

–Porque no vamos a olvidarnos de esas razones –murmuró Liam contra sus labios–. Solo estamos…

–… aparcándolas por unas horas –acabó ella su frase, aferrándose a sus hombros.

–Y si vamos a aparcarlas, lo mismo nos da hacerlo aquí, frente a tu cuarto, que frente al mío –apuntó Liam–. Mi habitación tiene una cama más grande –añadió, y la tomó de la mano para llevarla hasta allí.

Cuando entraron, Liam la empujó contra la puerta y la besó de nuevo.

–Quizá deberíamos habernos quedado en tu habitación; la espera entre beso y beso se me ha hecho interminable.

Con dedos temblorosos le desabrochó uno a uno los botones de la blusa y se la abrió. Sus manos subieron con una leve caricia desde el estómago hasta los senos antes de descender de nuevo y tomar posesión de su cintura. A Jenna se le disparó el pulso, y fue como si de repente sufriera una sobrecarga sensorial.

–Llevaba soñando con esto desde el día en que llegaste –le dijo Liam con voz ronca.

–¿Solo desde ese día? –inquirió ella con una sonrisa traviesa–. Yo me siento como si llevase esperando esto toda la vida.

Liam le quitó la blusa y luego le desabrochó el sujetador para quitárselo también y arrojarlo a un lado. Jenna sintió el aire en los pechos, pero Liam cerró de inmediato sus cálidas palmas sobre ellos y comenzó a masajearlos de un modo delicioso.

Jenna metió las manos por debajo de su camisa y palpó los músculos de su torso, que se tensaron. Temblorosa, le desabrochó la camisa y se la quitó. Cuando se inclinó para plantarle un beso en el pecho, Liam gimió extasiado.

Las manos de Jenna se volvieron más audaces, y comenzaron a explorar su ancho tórax sin reservas. De la garganta de él escapó un gruñido, y sus manos subieron por los muslos de ella, levantándole la falda. Enganchó los pulgares en el elástico de las braguitas y se las bajó. El modo en que devoró con los ojos su cuerpo desnudo hizo que una ráfaga de calor la sacudiera.

Liam se descalzó, se bajó al mismo tiempo los pantalones y los boxers y la besó de nuevo hasta dejarla mareada y sin aliento.

Jenna dejó que sus manos vagaran de nuevo por su cuerpo, ansiosa por acariciarle los fuertes bíceps, los anchos hombros, la espalda… Y mientras sus manos exploraban, descendió por su cuerpo con un reguero de besos, disfrutando con la tensión de cada músculo bajo la piel. Cuando le lamió un pezón, Liam jadeó su nombre.

La asió por los hombros para apartarla de él y la besó una vez más mientras sus manos comenzaban a explorarla, como ella había hecho con él. Comenzaron rozando la curva de sus senos, descendieron por sus costados, le acariciaron el estómago… Interrumpió el beso para tomar un pezón en la boca en el preciso instante en que sus dedos alcanzaron la unión entre sus muslos.

Jenna aspiró extasiada y cuando, al cabo de un rato, creía que ya no iba a poder aguantar más, Liam la empujó sobre la cama y se puso encima de ella, besando, lamiendo y mordisqueando cada centímetro de su piel. Y entonces su boca llegó a la parte más íntima de su cuerpo. La primera caricia de su lengua le arrancó un intenso gemido, y cuando sus dedos se unieron al asalto creyó que iba a perder la cordura.

Se aferró a las sábanas con ambas manos, entregándose a las sensaciones que la sacudían. Sus caderas se arqueaban solas mientras él continuaba con aquella exquisita tortura, llevándola la cumbre hasta estallar de placer.

Lo oyó abrir un cajón de la mesilla de noche y rasgar el envoltorio de un preservativo. Cuando se lo hubo puesto se quedó a horcajadas sobre ella, con las manos apoyadas a ambos lados de sus hombros y mirándola a los ojos.

La claridad de su mirada, sin parapetos, la conmovió. Era como si estuviese viendo su alma en ellos. Alargó una mano para acariciarle la mejilla y Liam se la besó con ternura.

Luego inclinó la cabeza y capturó sus labios con un beso ardiente, cargado de impaciencia, y se colocó entre sus muslos. La penetró despacio, dándole tiempo para que se hiciera a él, pero ella le rodeó la cintura con las piernas y se deleitó en las maravillosas sensaciones que se desataron en su interior cuando empezó a moverse.

Liam sacudía sus caderas contra las de ella con una cadencia suave y rítmica que Jenna habría deseado que se prolongase eternamente, pero su cuerpo quería más, y a cada embestida se arqueaba para responderle.

Moviéndose jadeante debajo de él, gimió su nombre una y otra vez y notó cómo los músculos de su vagina se tensaban en torno a su miembro. Estaba al límite, y las sensaciones eran tan intensas que le parecía imposible que pudiera experimentar más placer aún, pero cuando le sobrevino el orgasmo, al mismo tiempo que a él, fue como si se lanzase desde el borde de un precipicio y planease como un águila en las alturas.

Capítulo Ocho

Jenna se despertó lentamente, con las piernas de Liam entrelazadas con las suyas y sus brazos rodeándole la cintura. Se sentía maravillosamente satisfecha. No, más que eso, se sentía feliz.

Se volvió con cuidado sobre el costado, liberándose del abrazo de Liam, y apoyó la cabeza en la mano para mirarlo mejor. Él murmuró algo en sueños, se movió un poco y su respiración pronto se tornó de nuevo suave y acompasada.

Mientras admiraba su apuesto rostro, Jenna no pudo evitar pensar que aquel era un hombre del que podría enamorarse… si se dejase llevar.

Pero no podía, no podía dejarse llevar. Debía volver a casa. Después de ver a los padres de Liam con Bonnie se había dado cuenta de que lo que estaba haciendo no estaba bien. Sus padres y los de Alexander tenían derecho a conocer a su nieta.

Y naturalmente tendría que decirle la verdad a Liam. No sabía qué eran el uno para el otro, pero tenía muy claro que Liam merecía saber la verdad, sobre todo después de lo que habían compartido esa noche.

Tenía que decírselo ese mismo día. Se bajó de

la cama, recogió su ropa del suelo y después de vestirse fue a ver a Meg, que aún dormía. Mientras la observaba, se preguntó cómo iba a decirle a Liam lo que tenía que decirle. No iba a ser nada fácil.

Liam se despertó solo en la oscuridad. Adormilado había alargado el brazo, esperando encontrar a Jenna dispuesta a hacer de nuevo el amor, pero en vez de eso se había encontrado con un vacío a su lado.

Se puso los pantalones, se subió la cremallera y salió al pasillo. En un primer momento pensó que tal vez Jenna se había levantado porque Bonnie se había despertado, pero entonces recordó que su hija estaba durmiendo en la habitación de Katherine. Luego miró en la habitación de Meg y en la de Jenna, y al no encontrarla en ninguna de ellas empezó a preocuparse.

Finalmente la encontró sentada en el sofá de mimbre del porche, envuelta en su bata, las piernas flexionadas contra el pecho y los brazos en torno a ellas. Al verlo aparecer lo miró, pero no se movió.

–¿Ocurre algo? –le preguntó él vacilante, rogando por que no estuviese arrepintiéndose por haber pasado la noche con él.

–No –Jenna se mordió el labio–. Bueno, depende. Tal vez sí.

–¿Te arrepientes de lo que hemos hecho? –inquirió él, y contuvo el aliento.

Jenna enarcó las cejas.

–No, claro que no. Te deseaba tanto que no podía ni pensar con claridad.

Liam respiró aliviado.

–Me tranquiliza oír eso, aunque me preocupa un poco que lo hayas dicho en pasado.

–Es que hay algo… –respondió ella, con voz trémula–. Hay algo que no sabes.

–Sea lo que sea, seguro que puede esperar hasta mañana; aún faltan unas horas para que amanezca. Anda, vuelve conmigo a la cama –le dijo con una sonrisa lobuna, tendiéndole la mano–. Tenía planes para el resto de la noche, y en ellos entráis tú, mi cama, y nada de ropa.

Una sonrisa acudió a los labios de Jenna, pero de inmediato se puso seria de nuevo.

–No, no puede esperar; de hecho, debería habértelo dicho antes de que hiciéramos nada.

–Está bien, dispara. Pero te advierto que tan pronto como hayas terminado de contármelo nos volvemos a la cama –le dijo él con una sonrisa.

Jenna bajó la vista a sus manos, entrelazadas sobre las rodillas.

–Tengo que contarte la verdad… sobre mí.

Liam se quedó paralizado.

–Continúa.

–En realidad Jenna es un diminutivo de Jensine –Jenna se humedeció los labios y tragó saliva–. Mi verdadero nombre es Jensine Larson.

Liam frunció el ceño contrariado.

–¿Te has cambiado el nombre? ¿Por qué?

Jenna levantó la cabeza y, mirándolo a los ojos, respondió:

–Tengo un título que va antes de mi nombre: el de princesa. Soy miembro de la familia real de Larsland.

Liam se quedó mirándola patidifuso. ¿Una princesa? ¿Allí, en su casa? ¿La mujer con la que había hecho el amor era una princesa? Aquello era tan surrealista que en otras circunstancias se habría echado a reír, pero no lo hizo.

–¿Me estás diciendo en serio que eres de la realeza?

Jenna tomó su teléfono móvil de la mesita que había junto al sofá y se lo tendió a Liam.

–Compruébalo; puedes mirarlo en Internet.

Al ver que él no lo tomaba, tecleó algo y le mostró la pantalla.

–Yo soy la segunda empezando por la izquierda –dijo tendiéndole de nuevo el móvil. Esa vez él sí lo tomó–. La foto es de hace un par de años, y tenía el pelo un poco más largo, pero soy yo, con el resto de mi familia.

Liam miró el encabezado de la parte superior de la pantalla, era la página oficial de la Casa Real de Larsland.

–De modo que es verdad –murmuró Liam girando la cabeza hacia ella.

–Sí.

Al ver el dolor en los ojos de Jenna, Liam se sintió aún más confundido. Se sentó en el sofá, a su lado, y le devolvió el móvil.

–¿Qué pasó? ¿Cómo has acabado siendo Jenna Peters y trabajando primero de asistenta y ahora de niñera?

–Estaba enamorada de un capitán de la armada de mi país –le explicó ella en un tono quedo–. Queríamos casarnos algún día.

–¿Y sabe lo de Meg?

–Murió en combate antes de que pudiera decirle que estaba embarazada –musitó ella.

Parecía tan desolada, tan frágil, que Liam no pudo contenerse y le rodeó los hombros con el brazo.

–¿Y te quedaste embarazada estando soltera?

Jenna asintió.

–La familia real de Larsland lleva a gala el no haber protagonizado jamás un escándalo. A mis hermanos y a mí nuestros padres siempre nos pusieron a las otras casas reales europeas como un ejemplo de lo que no debíamos ser. Nos decían que jamás debíamos darle a la gente de Larsland motivos para que se cuestionaran la necesidad de tener una monarquía.

–¿Y te echaron del país?

Jenna sacudió la cabeza.

–No, fui yo quien se marchó. No saben nada, y no quería ponerles en la tesitura de tener que tomar una decisión en cuanto a mí como miembro de la casa real.

–Un momento… ¿Quieres decir que no saben dónde estás?

Jenna contrajo el rostro.

–No.

–¿Y cómo has conseguido cambiar de identidad? Necesitarías un pasaporte falso y…

–Entré en el país con mi pasaporte, y a partir de ahí… bueno, es mejor que no sepas los detalles. Digamos, simplemente, que tengo amigos que me han ayudado.

Liam la miró con los ojos entornados.

–¿Amigos que dejan que una princesa trabaje de asistenta y de niñera?

–Necesitaba estar de incógnito durante un tiempo mientras decidía qué iba a hacer, como explicárselo a mi familia y todo lo demás –respondió.

De incógnito… Liam sintió una punzada en el pecho. Había estado utilizándolo, jugando con su familia y con él. Le había mentido, igual que tantas otras mujeres con las que había estado. La diferencia estaba en que en ella había confiado. Pero resultaba que era igual que las demás. El solo pensamiento hizo que se le revolviera el estómago.

–Has estado utilizándonos a mi familia y a mí como tapadera, ¿no es así? ¿Quién iba a sospechar de una asistenta, o de una niñera? –le dijo repugnado.

Jenna enarcó una ceja.

–Por si lo has olvidado, fuiste tú quien me ofreció este empleo. Y me presionaste bastante para que aceptara.

Liam sacudió la cabeza. No iba a permitir que se escudara en eso.

–Me mentiste. Sospechaba que ocultabas algo,

111

pero jamás imaginé que pudiera tratarse de un engaño tan grande.

–Lo sé, y lo siento muchísimo, pero estoy segura de que comprendes que no tenía otra salida.

–Has estado viviendo conmigo, bajo mi techo, y has esperado hasta ahora para decirme la verdad –le espetó Liam levantándose y volviéndose hacia ella–. ¿Y ahora qué? ¿Esperas que siga fingiendo ante todo el mundo que eres una ciudadana de a pie mientras sigues trabajando para mí?

Jenna se levantó también.

–Tengo que volver a mi país y contárselo a mi familia.

–O sea que te vas –dijo él dolido.

–No de inmediato, a menos que sea lo que quieres. Había pensado esperar hasta después de la fiesta de lanzamiento de tu lirio, y en ayudarte a buscar a otra niñera.

Liam se pasó las manos por el cabello.

–Ya, pues gracias por decírmelo –contestó en un tono agrio.

–Liam… lo siento –murmuró ella, dando un paso hacia él.

–Eso díselo a Bonnie cuando salga llorando el día que te hayas ido –le espetó.

Y sin volverse a mirarla, entró en la casa.

Jenna no volvió a ver a Liam hasta la hora de la cena del día siguiente.

–Buenas tardes –la saludó al entrar.

–Hola, Liam –contestó en un tono afable, intentando contrarrestar su frialdad–. Bonnie ya está dormida, pero ha tenido un buen día.

Katherine entró en ese momento con dos cuencos de humeante sopa minestrone y una bandeja de pan recién horneado. Liam le dio las gracias, Jenna comentó lo bien que olía la sopa, y Katherine se marchó con una sonrisa de satisfacción.

–Esta tarde ha venido Danielle y hemos estado repasando los planes para la fiesta –dijo Jenna al cabo de un rato para romper el silencio–. Parece que de momento todos los preparativos van viento en popa.

–He estado pensando en eso –Liam dejó la cuchara en el cuenco y la miró a la cara–. La razón por la que no querías asistir a la fiesta era porque te preocupaba que los medios pudiesen hacerte una foto, ¿no?

–Sí –admitió ella.

–Pues haremos que todo el mundo lleve una máscara de carnaval –dijo él sin variar su expresión seria.

Jenna lo miró boquiabierta.

–No puedes hacer un cambio así a solo cinco días de la fiesta.

–No me parece que sea un cambio particularmente sustancial –replicó Liam encogiéndose de hombros–. Compraremos máscaras al por mayor a una tienda de disfraces y se las entregaremos a los invitados a medida que vayan llegando. Lo he hablado con Danielle y le ha parecido una gran idea.

Bueno, sí que era una gran idea; le daría a la fiesta misterio y glamour, y sería divertido, pensó Jenna.

Sin pensarlo, alargó la mano y se la puso en el antebrazo a Liam, que estaba sentado frente a ella.

–Gracias, Liam. Es un detalle por tu parte después de todo lo que he…

Él bajó la vista a su mano y, al ver el dolor en sus ojos, Jenna la apartó. Liam suspiró y respondió en un tono amable:

–Dejando a un lado lo que ha habido entre nosotros, si ese evento va a celebrarse, es gracias a ti. Te mereces estar allí.

A Jenna se le hizo un nudo en la garganta de la emoción, y se limpió con la servilleta para recobrar la compostura antes de volver a hablar.

–Te lo agradezco. Hay otra cosa de la que quería hablarte –si iba a marcharse, quería asegurarse de hacer todo lo posible por Bonnie–. ¿Qué sabes de los padres de Rebecca?

–Son groseros y que se creen que ellos tienen todos los derechos y los demás ninguno. Claro que el día que los conocí su hija acababa de morir –admitió–. Mis abogados contrataron a un detective para que los investigase. Parecen gente normal con algunos amigos que los tienen en alta estima y con otros que se muestran encantados de hablar mal de ellos. En los negocios se han granjeado unos cuantos enemigos, pero también han conseguido buenos aliados, y el detective no ha podido encontrar ningún trapo sucio en su empresa.

–¿Y qué te contó Rebecca de ellos?

Liam cortó un trozo de pan y se puso a untarle mantequilla.

–Solía hacer comentarios mordaces sobre ellos, y en una ocasión me dijo que eran fríos y manipuladores –frunció el ceño–. ¿Pero a qué viene este repentino interés tuyo por los Clancy?

–Es que he estado pensando que… –contestó Jenna, escogiendo las palabras con cuidado–. Bueno, si tan horribles eran, ¿por qué estaba viviendo con ellos?

–Es una buena pregunta –concedió Liam rascándose la barbilla–. De hecho, por lo que dijeron sus padres, parecía que tenía intención de seguir viviendo con ellos después de dar a luz.

–Y si los consideraba tan malos padres, ¿por qué iba a dejarles que la ayudaran a criar a su hija?

Aquella pregunta dejó a Liam descolocado.

–Tienes razón… No tiene sentido.

–¿Rebecca era independiente económicamente? –inquirió Jenna.

–Sí. Tenía un buen trabajo a media jornada. Supongo que se habría tomado la baja por maternidad, pero desde luego no estaba en la indigencia. No creo que necesitara ayuda de sus padres en ese sentido.

–Y si el problema hubiese sido el dinero, habría podido contar contigo para la manutención de Bonnie. Aunque hubieseis roto, siempre habría sido una opción mejor que volver con sus fríos y manipuladores padres, ¿no?

A Liam no le gustaba hablar mal de los muertos, pero Rebecca siempre había sido bastante melodramática.

–Pues ahora que lo pienso… puede que tengas razón –dijo frunciendo el ceño–. Es posible que exagerara sus defectos.

–Y si a ti te dijo esas cosas de ellos, ¿te imaginas lo que les pudo decir a ellos de ti?

De pronto todo empezaba a encajar.

–No me extraña que no quisieran que me quedase con Bonnie. Sí, Rebecca pudo decirles cualquier cosa para ponerlos en mi contra. Por cómo se comportaron en el hospital, debió haberles hecho pensar que era un monstruo.

Jenna se llevó un dedo a los labios pensativa.

–Lo que no acabo de entender es por qué no te dijo que estaba embarazada. ¿Terminó mal vuestra relación?

Liam exhaló un suspiro. Había estado dándole vueltas a aquello desde que lo habían llamado del hospital.

–Yo diría que no. Desde un principio le dejé claro que no quería nada serio, y a ella le pareció bien. De hecho, me dijo que lo prefería.

–¿Y por qué rompisteis? –inquirió ella con suavidad.

–Simplemente se terminó.

Jenna apuró la sopa que le quedaba en el tazón y lo empujó a un lado para apoyar los brazos en la mesa.

–¿Pero quién decidió romper?

–Yo –Liam se sintió mal al empezar a atar cabos–. Me estaba haciendo sentir incómodo porque quería pasar las noches aquí y yo no quería. Y no solo por eso; de pronto comenzó a exigir más de lo que yo estaba dispuesto a dar.

Jenna frunció el ceño.

–¿Puede ser que ya supiera que estaba embarazada?

Liam sacudió la cabeza.

–Lo dudo. He hecho cálculos, y debió quedarse embarazada poco antes de que rompiéramos. Se había vuelto asfixiante, pero no creo que fuera porque estaba embarazada.

–Liam… se había enamorado de ti.

Él sintió una punzada de culpabilidad.

–Es posible.

–Y al romper con ella le partiste el corazón.

Liam sabía que Jenna solo quería ayudar, pero aquella afirmación fue como un golpe en el estómago para él.

Rebecca lo amaba y él se había deshecho de ella como quien se deshace de unos zapatos que le aprietan.

–Yo no quería hacerle daño.

Jenna lo miró con compasión.

–Estoy segura de que no, pero puede que ese fuera el motivo por el que cuando descubrió que estaba embarazada no te lo dijera; es posible que fuera su manera de castigarte.

–Sé que me porté como un canalla, pero merecía saberlo; era mi hija –respondió él con fiereza.

Jenna levantó las manos para calmarlo.

–Nadie te lo discute. Pero tomamos decisiones equivocadas cuando no pensamos de un modo racional, cuando estamos dolidos. Y más aún una mujer embarazada de su primer hijo y probablemente asustada.

Algo en su voz hizo a Liam enarcar una ceja.

–¿Estamos hablando de Rebecca, o de ti?

Jenna suspiró y se frotó los párpados.

–No lo sé, supongo que también de mí.

La ira que Liam sentía hacia ella por haberle mentido se esfumó en ese momento.

–Y hablando de ti… ¿qué vas a hacer?

Jenna inspiró temblorosa.

–No debería haber esperado tanto tiempo para volver a casa. Ver a tus padres con Bonnie me hizo darme cuenta de que estoy privando a mis padres de ver crecer a su nieta. Y a los padres de Alexander, que sin saberlo aún tienen algo que los liga a él, aunque ya no esté.

Liam asintió.

–Igual que Bonnie es un nexo de unión entre los Clancy y Rebecca.

Jenna esbozó una sonrisa tímida.

–¿Por qué no intentas tenderles la mano?, ¿intentar llegar a un acuerdo con ellos?

–Jenna, han interpuesto una demanda para quitarme la custodia –le recordó él.

–Si les dices que quieres que sean parte de la vida de Bonnie y les haces comprender que es con quien mejor va a estar, quizá retiren esa demanda.

Liam no lo tenía tan claro.

—Dudo que eso funcionase.

—¿Y no crees que merece la pena que por lo menos lo intentes?

Era difícil resistirse al optimismo que destilaba la voz de Jenna. Liam exhaló un largo suspiro. Por Bonnie todo merecía la pena.

—Supongo que tienes razón.

—¿Los llamarás? —inquirió Jenna, a quien solo le faltaba saltar de entusiasmo en su silla.

—Los llamaré —asintió él, y rezó por que aquel plan no empeorara las cosas.

Capítulo Nueve

Habían pasado seis días desde que le había contado a Liam su secreto, seis días desde que habían hecho el amor. Cada día, cuando él volvía a casa, le enseñaba algo más acerca del cuidado de Bonnie, pero ya no le quedaba mucho más que enseñarle, y eso le provocaba un sentimiento agridulce.

Por un lado, era como debía ser, que Liam pudiese hacerse cargo de su hija, pero por otro era consciente de que cada día era menos necesaria.

Se había dicho a sí misma que si el encuentro de esa mañana entre Liam y los padres de Rebecca iba bien, no retrasaría más su regreso a Larsland.

Solo faltaría buscar otra niñera para Bonnie, y tenía pensado hablarlo con Liam más tarde. Quería dejar ese asunto arreglado antes de la fiesta del día siguiente.

En ese momento sonó el timbre de la puerta, y oyó a Liam ir a abrir. Ella estaba sentada en el salón con Bonnie en brazos, a la que había puesto un vestido fucsia, y a su lado en el sofá, jugando con su peluche preferido, estaba Meg.

Jenna estaba hecha un manojo de nervios. Había tanto en juego en aquella visita…

–Está en el salón –oyó decir a Liam–, con su niñera, Jenna.

Poco después Liam entraba, con una sonrisa algo forzada en los labios, seguido de una pareja de mediana edad. La mujer llevaba un oso de peluche del tamaño de un niño de cinco años, y el hombre un ramillete de globos de colores.

–¡Bonnie! –exclamó la mujer, yendo derecha hacia el sofá–. ¡Mi preciosa niña!

Liam se acercó también y tomó a Bonnie de brazos de Jenna.

–¿Quiere sostenerla, señora Clancy? –le preguntó.

–Estoy deseando –dijo la mujer.

Meg balbució encantada al ver el enorme oso.

–Mi niña, mi niña… –murmuró la señora Clancy entre lágrimas–. Si el mundo fuese justo tu madre estaría ahora aquí contigo.

–Lo mismo pienso yo cada vez que la miro –dijo Liam con expresión sombría.

La mujer levantó la cabeza y le lanzó una mirada furibunda.

–Ya podría haber mostrado esa consideración hacia mi hija mientras vivía…

–Señora Clancy, señor Clancy –dijo Liam dirigiéndose a ambos en un tono conciliador–. Quiero que sepan que lamento sinceramente que las cosas se hayan complicado de esta manera.

El padre de Rebecca gruñó y le espetó:

–Solo dice eso porque quiere convencernos para que retiremos la demanda.

–Es verdad que me gustaría que retiraran la demanda –admitió Liam–, pero eso no hace menos cierto lo que acabo de decirles. De hecho, hace poco me he dado cuenta –añadió mirando brevemente a Jenna– de que es probable que Rebecca y yo tuviéramos una percepción distinta de nuestra relación.

–Usted jugó con ella –lo acusó la señora Clancy–, como seguro que ha hecho con muchas otras mujeres.

–En cierto modo me merezco sus palabras porque no vi que ella se estaba engañando, pero desde un principio le dejé muy claro que no buscaba una relación seria, y Rebecca me aseguró que ella tampoco –Liam se metió las manos en los bolsillos–. Si pudiera volver atrás en el tiempo les juro que, sabiendo lo que sé ahora, obraría de un modo muy distinto.

–¿Y qué pasa con Bonnie? –le espetó la señora Clancy.

–Quiero a Bonnie con toda mi alma. Nunca habría imaginado que se pudiera querer tanto a alguien. Lo es todo para mí. Se ha convertido en la razón por la que me levanto por las mañanas y por la que vuelvo a casa temprano por las tardes. Es el centro de mi universo, y cuando pienso en el futuro solo pienso en lo que sería mejor para ella.

La señora Clancy resopló.

–Supongo que eso es lo que tiene pensado decirle al juez. Y probablemente hasta se lo haya escrito alguien.

Sin embargo, por la expresión de su rostro y la de su esposo, Jenna tuvo la sensación de que las sinceras palabras de Liam les habían llegado al corazón.

Bonnie empezó a lloriquear en ese momento, y aunque la señora Clancy intentó calmarla, el llanto de la pequeña iba en aumento. Se volvió para tendérsela a Jenna, pero Liam dio un paso adelante.

—Deje, ya me ocupo yo.

Tomó a Bonnie, la apoyó en su hombro y mientras caminaba despacio por el salón le canturreó en voz baja. Al cabo, Bonnie dejó de llorar y levantó la carita para mirar a su padre.

La señora Clancy se había quedado boquiabierta, y su marido, visiblemente conmovido, abandonó su actitud agresiva y, después de aclararse la garganta, preguntó:

—¿Hay algún sitio donde pueda dejar estos condenados globos?

Katherine apareció en ese momento.

—Démelos a mí; los pondré en el cuarto de Bonnie —le dijo acercándose—. Soy la asistenta del señor Hawke.

El hombre se los dio, y cuando Katherine se hubo marchado se volvió hacia Liam y le dijo:

—Muy bien, Hawke, no le prometo nada, pero, en el hipotético caso de que estuviéramos dispuestos a retirar la demanda, tenemos nuestras condiciones.

—¿Como cuáles? —inquirió Liam.

–Para empezar, poder visitar a Bonnie con regularidad –contestó la señora Clancy.

–Y tener voz y voto sobre a qué colegio irá –añadió su marido.

–Y por supuesto que no se mude usted fuera del estado –dijo ella, cruzándose de brazos.

–Y que nos consulte con respecto a todas las decisiones importantes sobre su futuro –dijo el señor Clancy, apuntándolo con un dedo, como para enfatizar sus palabras.

Liam miró a ambos y respondió con mucha calma:

–Seré yo quien tome las decisiones sobre el futuro de mi hija; eso no es negociable. Pero les doy mi palabra de que tendré en cuenta su opinión, y que podrán verla tan a menudo como sea posible.

–Bueno, tengo que admitir que Bonnie parece feliz y bien cuidada –dijo la señora Clancy a regañadientes–; lo consideraremos y le comunicaremos nuestra decisión.

–Se lo agradezco –dijo Liam–. ¿Quieren quedarse y pasar un rato más con Bonnie?

La señora Clancy asintió, pero no se apresuró a tomar de nuevo en brazos a su nieta, probablemente porque temía que llorara de nuevo.

Jenna cruzó una mirada con Liam antes de ir al rincón a por la mantita de juegos de Bonnie y extenderla en el suelo.

Liam tendió a la pequeña sobre la mantita y se volvió hacia la señora Clancy.

–A Bonnie le gusta cuando aprietas los muñecos que cuelgan sobre la mantita; sobre todo la mariquita.

Durante una media hora los Clancy estuvieron jugando en el suelo con su nieta, hablando entre ellos de cuando en cuando en voz baja, hasta que la pequeña empezó a cansarse.

Los Clancy se despidieron de Liam.

–Bueno, Hawke, hemos estado hablando y estamos dispuestos a retirar la demanda –le dijo el señor Clancy mientras le estrechaba la mano–. Pero esperamos que a cambio, como nos ha prometido, podamos ver a Bonnie con regularidad.

–Tienen mi palabra –contestó Liam–. Estaremos en contacto.

Cuando se hubieron marchado y Liam volvió al salón, Jenna le dijo con una sonrisa:

–Ha ido mejor de lo que esperaba.

Liam se sentó a su lado en el sofá y se puso a Meg en el regazo.

–Gracias a ti.

Jenna sacudió la cabeza.

–El mérito es todo tuyo. Los has dejado impresionados cuando han visto lo bien que te manejas con Bonnie.

–Quería decir que has sido tú quien lo ha hecho posible –respondió él–. Fuiste tú quien me convenciste de que intentara tender puentes con ellos. Siempre te estaré agradecido por eso.

Por primera vez desde que le revelara su verdadera identidad, vio calidez en los ojos de Liam. Era evidente que sentía algo por ella, igual que ella por él, pero de inmediato bajó la vista a Meg, como si esos sentimientos lo incomodasen. De cualquier modo probablemente fuera mejor así; tenía que volver a su país.

Se obligó a esbozar una sonrisa y le dijo:

–No tienes que darme las gracias. Me alegra que Bonnie vaya a crecer también arropada por su familia materna. Pero ahora que se ha resuelto el problema de los Clancy, deberíamos centrarnos en buscar una nueva niñera.

Liam levantó la cabeza bruscamente.

–Entonces, ¿te marchas de verdad?

–Debo hacerlo –Jenna levantó a Bonnie, que se había terminado el biberón, y la puso contra su hombro para que echase los gases–. Además, creo que ya no te sientes cómodo conmigo aquí –añadió rehuyendo la mirada de Liam–. No después de que hayamos… –no fue capaz de terminar la frase.

–Nadie podría cuidar de Bonnie mejor que tú –dijo él con voz ronca.

Jenna sintió que los ojos se le llenaban de lágrimas, pero parpadeó para contenerlas.

–Cualquier niñera con preparación lo hará bien –respondió–. El lunes llamaré a una agencia y concertaré unas cuantas entrevistas.

–Tengo que ir a hacer unas llamadas –le dijo Liam sin contestar a eso–. Por cierto, mañana por la mañana tendré que salir temprano para ir al hotel a supervisar algunos detalles de la fiesta, así que me llevaré el esmoquin y me vestiré allí. Espero que no te importe que sea Dylan quien te lleve.

Jenna agradeció que hubiese cambiado de tema. Si hubiesen seguido hablando de su marcha, habría acabado perdiendo la batalla contra las lágrimas.

–No hace falta; puedo tomar un taxi.

–Ya se ha ofrecido a hacerlo –contestó Liam encogiéndose de hombros–. Te recogerá a las siete.

–Bueno, pues entonces dale las gracias de mi parte.

Liam iba a abandonar el salón cuando se volvió.

–Una cosa más: luego vendrá una persona que he contratado a traerte unos cuantos vestidos para que elijas uno para la fiesta.

–No necesito que me compres un vestido –le dijo.

–Jenna, eres parte del equipo que ha organizado la fiesta, así que la ropa que lleves es responsabilidad de Hawke´s Blooms.

Ella lo miró con los ojos entornados.

–¿A Danielle también le has comprado un vestido?

–Danielle y el resto del equipo llevarán un uniforme para que los invitados sepan que trabajan para Hawke´s Blooms, por si quieren hacer alguna pregunta. Tú no perteneces a la empresa, pero también eres parte del equipo, así que, sí, elegirás uno de esos vestidos y te lo pondrás.

Jenna no discutió más. Lo que decía tenía sentido, y la verdad era que quería llevar algo bonito en vez de aquel sencillo vestido negro. Quería que Liam la mirara, aunque solo fuera por esa noche.

Cuando Jenna entró del brazo de Dylan en el vestíbulo del Golden Palm, que era uno de los hoteles más lujosos de Los Ángeles, tuvo que contenerse para no tocar la máscara que le cubría la parte superior del rostro. Desde que habían salido no había hecho más que asegurarse una y otra vez de que estaba bien puesta.

No había visto a Liam desde esa mañana en el desayuno, y estaba hecha un manojo de nervios. Había escogido un vestido plateado con el cuerpo entallado y una vaporosa falda de tul, pero no hacía más que preguntarse si no debería haber escogido el vestido dorado de satén con la abertura hasta el muslo, que era mucho más sexy.

–¿Cómo vais, alteza? –le susurró Dylan con una sonrisa traviesa.

Jenna le había contado su secreto de camino porque confiaba en él.

–¿Quieres dejar de llamarme así? –le siseó, dándole una guantada de broma en el brazo.

Un poco más adelante había un enjambre de fotógrafos.

–Es que aún no puedo creer que una princesa haya estado fregando los suelos de mi casa.

–Me diste lo que necesitaba en ese momento: un trabajo y un hogar. Y has sido un jefe estupendo; nunca podré agradecértelo lo suficiente.

Aunque llevaba una máscara, Jenna bajó la vista

por si acaso cuando pasaron junto a ellos y fingió que tosía para taparse la boca y la barbilla.

–Y dime una cosa –le dijo Dylan bajando la voz e inclinándose hacia su oído–: ¿te está dando Liam también lo que necesitas?

Su tono travieso hizo a Jenna sonrojar.

–Liam también se está portando muy bien con Meg y conmigo; no me puedo quejar.

–Pues mi madre cree que pronto formarás parte de la familia. Y, para que lo sepas –le dijo él con una sonrisa–, yo personalmente estoy encantado.

Una ola de tristeza invadió a Jenna. Sabía que Liam no tenía intención de pedirle que se casara con él, y aunque la tuviera, ella no tenía libertad para aceptar una proposición de matrimonio. Por mucho que lo amase, tenía que hacer lo que debería haber hecho desde el principio: contarle a su familia lo ocurrido y afrontar las consecuencias.

Volvería a su país tan pronto como encontraran otra niñera para Bonnie, y mientras sus padres no intentasen separarla de Meg, haría lo que considerasen que era mejor para Larsland, para la monarquía y para su familia. Iba a hacer lo que le habían inculcado: anteponer el deber a todo lo demás.

–Dudo que eso vaya a pasar, Dylan. Además, pronto regresaré a mi país. Pero estoy segura de que serías el mejor de los cuñados –añadió con una sonrisa.

Al llegar a las puertas del salón, una empleada ataviada con un vestido azul oscuro, como la flor de Liam, le dio una máscara a Dylan, y cuando entraron Jenna se quedó boquiabierta. El inmenso salón había sido decorado de tal modo que parecía una escena sacada de un cuento de hadas. En una esquina había colgada una enorme luna, rodeada por nubes oscuras, y todo el techo estaba cubierto por unas placas digitales que simulaban un cielo nocturno estrellado.

El salón estaba bordeado por largas mesas con inmaculados manteles blancos, sobre las que había dispuestas fuentes con distintos aperitivos, y aquí y allá había soportes con elegantes arreglos florales.

Como habían llegado un poco pronto aún no había mucha gente, pero un camarero se acercó a ofrecerles una copa de champán. Dylan tomó una, pero Jenna declinó el ofrecimiento. Su madre nunca les había dejado beber en los actos oficiales, y era una costumbre que seguía manteniendo.

Dylan, que estaba mirando a su alrededor, dejó escapar un largo silbido.

–Jenna, puede que hayas cambiado para siempre la manera en que Hawke´s Blooms anuncia una nueva flor.

–El mérito no es mío –protestó ella–. Danielle y vuestro personal son quienes han hecho todo el trabajo, y supera con creces lo que yo había imaginado.

–Ni hablar –replicó Dylan–; la chispa creativa fue tuya. Y fue una idea estupenda.

Jenna le sonrió.

–Gracias. Me alegra haber podido ayudar.

Por el rabillo del ojo atisbó una figura familiar,

y se volvió sin pensarlo. Liam estaba en el otro extremo del salón. No llevaba máscara, y estaba hablando con Danielle, pero cuando sus ojos se encontraron no apartó la mirada de ella.

De pronto fue como si todo lo que la rodeaba desapareciera y Liam estuviese solo a un par de pasos de ella. Una ráfaga de calor se le extendió por el cuerpo y se le aceleró el pulso. Liam le dijo algo a Danielle, que asintió y se alejó antes de que él se dirigiera hacia ellos.

–Sí, ya veo que entre vosotros dos no hay nada de nada –le siseó divertido Dylan a Jenna.

Liam, al verlo, frunció el ceño y le lanzó a su hermano una mirada de advertencia.

–Bueno –dijo Dylan cuando Liam llegó adonde estaban–, creo que voy a ver esas esculturas de hielo. Lirios de hielo…, sencillamente genial –murmuró, y se marchó antes de que ninguno de los dos pudiera decir nada.

Claro que Jenna tampoco habría podido, porque se había quedado sin habla al ver a Liam con su esmoquin.

Liam se aclaró la garganta.

–Estás espectacular –dijo, y se inclinó para besarla en la mejilla.

Jenna sintió una nueva ola de calor, pero intentó mostrarse tranquila.

–Gracias por el vestido, me encanta.

–Te queda muy bien –dijo él, recorriéndola con la mirada–. ¿Puedo traerte una copa de champán o alguna otra cosa para beber?

–No, gracias, no tengo sed –Jenna esbozó una sonrisa nerviosa y le dijo–: No sabes cuánto significa para mí que idearas esto de las máscaras para que pudiera asistir a la fiesta.

Liam se puso serio de repente y tomó su mano entre las suyas.

–Jenna, sé que vas a volver pronto a tu país y... –hizo una pausa y se aclaró la garganta–. El caso es que tengo en el bolsillo de la chaqueta la llave de una suite en el ático del hotel, y no tenemos que preocuparnos; Katherine se ha quedado al cuidado de Bonnie y de Meg.

A Jenna se le cortó el aliento y no conseguía articular palabra, pero Liam no esperó a que contestara.

–Pasa esta noche conmigo –le pidió, apretándole la mano–. No puedo pensar en otra cosa más que en volver a hacerte el amor. Di que sí.

–Sí –murmuró ella sin pensarlo siquiera.

El fuego del deseo relumbró en los ojos de Liam, que giró la cabeza y contrajo el rostro–. Perdona, tengo que ayudar a Danielle con un par de cosas de la fiesta, pero volveré contigo en cuanto pueda.

Jenna se quedó allí plantada, observándolo alejarse mientras se preguntaba cómo sobreviviría el resto de la velada ahora que sabía cómo iba a terminar.

Capítulo Diez

Liam tomó una copa de vino blanco de un camarero que pasaba y paseó la mirada por entre la gente, buscando a Jenna. Habían transcurrido dos horas desde el comienzo de la fiesta, que estaba ya en pleno apogeo, y ese era el primer momento de respiro que había podido tomarse después de haber estado saludando a los principales invitados y asegurándose de que todo iba según lo previsto.

Y entonces la vio, no muy lejos de donde estaba él, charlando con sus padres. Su vestido plateado brillaba, y el cuerpo entallado atrajo su mirada hacia las delicadas clavículas, la curva de sus senos y la fina cintura, de donde partía la falda de etéreo tul que la cubría hasta los tobillos. El corazón le palpitó con fuerza.

Como movido por una fuerza magnética atravesó el salón, zigzagueando entre la gente hasta llegar a ella.

–¡Ah, ahí estás, Liam! –exclamó su madre–. Jenna nos ha contado que tiene que volver a su país –por el énfasis que puso al pronunciar su nombre, Liam comprendió que conocía ya también su secreto–. Y yo estaba diciéndole que si necesita marcharse antes de que hayas contratado a otra niñera, me haré cargo de Bonnie encantada.

Liam se puso rígido. ¿Estaba pensando en marcharse antes siquiera de que hubiera encontrado a otra niñera?

–No será necesario –se apresuró a decir Jenna–. Puedo quedarme para ayudar a Liam a entrevistar a las candidatas que envíen de la agencia.

Su madre asintió, como satisfecha con esa respuesta.

–¿Os habéis dado cuenta de que allí, al fondo, hay una pista de baile? –comentó–. ¡Qué pena que nadie la use! Quizá deberíais salir a bailar, a ver si se anima la gente.

Liam, que no podía apartar los ojos de Jenna y no había estado prestándole mucha atención a su madre, vio que esta se quedó mirándole, como esperando una respuesta, y se dio cuenta de que debía haberse perdido algo.

–¿Perdón?

Su madre le dio unas palmaditas en el brazo y le dijo:

–Que saques a Jenna a bailar; alguien tiene que empezar para que los demás invitados se animen.

Liam sonrió. Era una gran idea.

–Jenna –dijo volviéndose hacia ella y tendiéndole su mano–, ¿quieres bailar?

Un ligero rubor le tiñó las mejillas a Jenna cuando puso su mano en la de él.

–Me encantaría.

Liam la condujo hasta la pista de baile, y el pinchadiscos, al verlos, cambió la animada melodía que estaba sonando por una balada de los Righteous Brothers. Liam le dio las gracias con un asentimiento de cabeza.

Tomó a Jenna por la cintura para atraerla hacia sí, y cuando ella le rodeó el cuello con los brazos, suspiró de satisfacción. Era maravilloso tenerla tan cerca. Inclinó la cabeza y le susurró al oído:

—Estoy impaciente por estar a solas contigo. Dime que no has cambiado de opinión.

—Lo he hecho —respondió ella, e inspiró temblorosa—; como unas treinta veces.

Otra pareja se unió a ellos en la pista de baile, y Liam condujo a Jenna hacia un lado para que no pudieran escuchar su conversación mientras seguían bailando.

—¿Y en qué punto estás ahora mismo?

Jenna se pasó la lengua por los labios y tragó saliva.

—He decidido que sí, que quiero hacer el amor contigo otra vez.

Liam cerró los ojos y suspiró aliviado.

—De hecho —añadió Jenna mientras otras dos parejas entraban también en la pista de baile—, si intentaras llevarme ahora mismo a esa suite, probablemente dejaría que lo hicieras.

Liam se estremeció de deseo por dentro.

—No me tientes; todavía falta media hora para la parte oficial del evento, y Danielle me mataría si me fuera antes. Va a hacer que suba al estrado para presentar la flor.

–Media hora no es tanto –contestó ella, deslizándole un dedo por la solapa de la chaqueta.

¿Que no era tanto? Liam la miró con incredulidad y respondió:

–Es una eternidad.

Jenna le sonrió.

–Tienes razón; sí que lo es.

Unos cuarenta minutos después Jenna estaba entre los invitados, frente al estrado en el que un conocido actor al que habían contratado para hacer de presentador hacía chistes junto a Liam, que pronto retiraría la cortina de satén azul que ocultaba el lirio de medianoche.

Cuando llegó el gran momento el público aplaudió entusiasmado y se oyeron murmullos de admiración por la belleza de la flor. Después de un último comentario jocoso del actor, que hizo que el público se echara a reír, la música comenzó de nuevo, y la gente empezó a dispersarse por el salón.

El corazón de Jenna palpitó con fuerza mientras Liam bajaba del estrado y se dirigía hacia ella. A cada pocos pasos alguien lo detenía para felicitarlo por su creación, y naturalmente tuvo que dedicar unos minutos y una sonrisa a cada una de esas personas.

Cuando ya solo estaba a unos metros de ella, se notó mariposas en el estómago y dejó en la bandeja de un camarero la copa de agua que tenía en la mano, no fuera a ser que se le cayera.

Al llegar junto a ella, Liam le susurró al oído:

—¿Lista para irnos?

El roce de sus labios contra el lóbulo de su oreja hizo que Jenna se derritiera por dentro.

—Estoy lista desde hace dos horas.

Liam la tomó de la mano y la condujo hasta el vestíbulo. Tan pronto como estuvieron en el ascensor y las puertas se cerraron, le puso una mano en la nuca y la besó. Ella, que no deseaba otra cosa más que volver a estar entre sus brazos, le respondió con fruición.

Liam jadeaba cuando despegó sus labios de los de ella y apoyó la frente en la suya.

—No tengo ni idea de lo que le he dicho a toda esa gente que me ha ido parando mientras iba hacia ti. Lo único en lo que podía pensar era en llegar donde estabas.

—Y a mí me habría dado algo si te hubiese parado una sola persona más.

Las puertas del ascensor se abrieron, y Liam sacó la tarjeta para introducirla en la puerta de la suite del ático.

Cuando entraron, no encendió las luces. La suite entera estaba iluminada por la suave luz de docenas de pequeñas velas colocadas estratégicamente aquí y allá. La cama tenía dosel, y la colcha blanca estaba cubierta de pétalos de rosa.

Liam, que estaba detrás de ella con los brazos en torno a su cintura, la besó en el cuello y le preguntó:

—¿Qué te parece?

Jenna se quitó la máscara y la dejó caer al suelo mientras echaba la cabeza hacia atrás, apoyándola en el hombro de él.

–¿Cómo te ha dado tiempo a preparar todo esto?

–Saqué tiempo para prepararlo –las manos de Liam subieron hacia sus pechos–. No se lo digas a nadie, pero para mí la prioridad era esta parte de la velada.

Jenna se apretó contra su cuerpo y sintió la incipiente erección de Liam contra sus lumbares. Él gruñó de placer, y una ráfaga de calor le afloró en el estómago a Jenna.

–No he podido dejar de pensar en esto en toda la noche –murmuró volviéndose hacia él para mirarlo a la cara–. No, desde la primera vez que hicimos el amor.

–Y yo no he podido pensar con claridad desde esa noche. Y hoy, al verte con ese vestido y saber que subirías a esta suite conmigo era incapaz de concentrarme cuando tenía que hablar con alguien.

Jenna se puso de puntillas y lo besó en el cuello.

–Mientras bailábamos, estaba deseando que me besaras.

–Y yo me moría por hacer esto –respondió él, poniéndole las manos en las nalgas para atraerla más hacia sí.

Su pecho subía y bajaba contra las palmas de ella mientras la besaba con ternura, y cuando se apartó un poco para quitarle las horquillas y hundir los dedos en su pelo, Jenna sintió un cosquilleo delicioso en el cuero cabelludo. Luego volvió a besarla, desatándole un deseo fiero y apremiante.

Jenna despegó sus labios de los de él y descendió beso a beso por su cuello mientras cerraba los ojos para concentrarse en el tacto y el sabor de su piel. Siguió bajando, desabrochándole cada botón de la camisa y besándole la piel que le quedaba al descubierto.

Liam dejó caer las manos y se estremeció cuando llegó a su abdomen. Le desabrochó el último botón, se irguió y le quitó la camisa, empujándola por los hombros. La luz de las velas arrojaba un brillo dorado sobre su torso desnudo, que le acentuaba los bien definidos músculos.

Liam alargó las manos hacia ella, pero lo detuvo.

—Espera, déjame seguir un poco más.

La vez anterior él se había desvestido tan deprisa que no le había dado tiempo a descubrir su cuerpo poco a poco, como habría querido. Esa vez iba a disfrutar del momento.

Le desabrochó los pantalones y le bajó lentamente la cremallera. Todo el cuerpo de Liam se tensó cuando le introdujo una mano dentro de los boxers y cerró los dedos en torno a su miembro. Aquella era una de las cosas que habría querido hacer la vez anterior, algo con lo que había fantaseado más de una vez por las noches. Deslizó los dedos arriba y abajo, deleitándose en el tacto de su miembro, y alzó la vista al oírlo aspirar entre dientes. Los pantalones cayeron a sus pies, y Jenna le bajó también los boxers para que pudiera quitárselos.

Liam permaneció frente a ella, desnudo en todo su esplendor, cediéndole el control de la situación. Liam se sentó en el borde de la cama con las piernas abiertas y la atrajo hacia sí. Jenna hundió los dedos en su pelo, abandonándose a la sensación de sus manos trazando los contornos de su cuerpo a través del vestido. Aquella dulce tortura estaba volviéndola loca.

Liam se inclinó hacia ella y se estremeció al sentir el calor de su aliento a través de la fina tela. Le hizo darse la vuelta para bajarle la cremallera del vestido y la giró de nuevo hacia él para bajárselo. Luego la besó en el estómago, dibujando arabescos con la lengua y provocando a cada pasada de esta una descarga eléctrica de calor que recorría todo su cuerpo.

Enganchó los pulgares en sus braguitas, se las bajó e hizo que se diera de nuevo la vuelta para desabrocharle el sujetador. Cuando estuvo de nuevo de cara a él, Liam no la tocó; simplemente la miró, y el corazón le palpitó con fuerza al ver el deseo y la veneración en sus ojos.

Sus pezones se endurecieron bajo la ardiente mirada de Liam, y un escalofrío de excitación e impaciencia la recorrió. Liam tomó sus pechos en las manos, y cuando le rozó los pezones con la yema de los pulgares a Jenna le flaquearon las rodillas.

–Liam… –jadeó.

Él tiró de ella, haciendo que perdiera el equilibrio, y Jenna le rodeó el cuello con los brazos mientras se deleitaba en la sensación de su miembro, duro y caliente, apretado contra su muslo.

Liam la subió a la cama y se tendió junto a ella antes de abrir un cajón de la mesilla y sacar un preservativo.

–Vaya, en este hotel no falta un detalle –dijo ella enarcando una ceja.

–Lo puse yo ahí esta tarde –le explicó él–. No quería que esta noche hubiese ningún contratiempo.

Jenna sonrió.

–Desde luego has pensado en todo.

–Como he dicho, esta parte de la velada era mi prioridad –reiteró él mientras se colocaba el preservativo.

Le abrió las piernas con su fuerte muslo, y Jenna se estremeció de deseo. Le rodeó las caderas con las piernas en una muda invitación, y gimió cuando él introdujo la cabeza de su miembro en su vagina. Jenna se movió, excitada e impaciente, y cuando él se deslizó hasta el fondo se quedó sin aliento.

Liam comenzó a moverse, ejecutando aquella danza ancestral en la que el hombre avanzaba y retrocedía, primero despacio, y luego cada vez más deprisa. Jenna le suplicaba entre jadeos que pusiera fin a aquella dulce tortura. La mano de él serpenteó entre sus cuerpos hasta el lugar donde ambos se unían, y de pronto se sintió como si se hubiese lanzado desde una avioneta en caída libre.

Liam gritó su nombre al alcanzar también el orgasmo, y se derrumbó sobre ella antes de rodar sobre el costado, llevándola con él.

Un poco después, cuando ella había regresado a la Tierra y Liam se había quedado dormido, Jenna no pudo seguir ignorando el pensamiento de que pronto volvería a su país. Y cuanto más retrasase su regreso, más daño les haría a todos. Al día siguiente abandonaría para siempre la casa de Liam.

A la mañana siguiente Liam se cambió y se fue a trabajar. Era domingo, pero los preparativos de la fiesta les habían quitado bastante tiempo e iban retrasados con algunos pedidos, así que había decidido pasar unas horas trabajando en el invernadero. Y, con suerte, tal vez lograría desenmarañar sus sentimientos hacia Jenna. Hundir sus dedos en la tierra siempre le ayudaba a pensar.

Podía excusar la primera vez que habían hecho el amor como un acto impulsivo; se había dejado llevar por la tentación. Pero la segunda vez… No, los dos habían tenido varias horas para cambiar de idea, y no lo habían hecho.

El problema era, pensó mientras tomaba un semillero del suelo, que el deseo físico no era base suficiente para una relación. Al ver movimiento por el rabillo del ojo se irguió y se giró. Jenna había entrado en el invernadero y avanzaba hacia él. Al advertir la tristeza en sus facciones el estómago le dio un vuelco.

–Jenna… ¿Necesitas algo?

Ella entrelazó las manos frente a sí y se humedeció los labios.

–Si tienes un momento hay algo que querría decirte.

–Claro –Liam dejó el semillero en el suelo y se limpió las manos con un trapo–. ¿Qué ocurre?

–Me marcho –respondió con suavidad–. Hoy.

Sus palabras fueron como un jarro de agua fría.

–¿Qué? ¿Y qué pasa con Bonnie?

Una expresión de dolor le cruzó el rostro a Jenna.

–Siento no poder quedarme y entrevistar contigo a las chicas que envíe la agencia. Pero tu madre ha dicho que ella se ocupará de Bonnie hasta que encuentres otra niñera. Está en camino –esbozó una sonrisa trémula–. Dice que está deseando cuidar de su nieta.

–Me prometiste que me avisarías con tiempo.

–Lo sé, pero te pido que, dadas las circunstancias, me liberes de esa promesa. Tu madre ocupará mi lugar hasta que contrates a otra niñera.

El pánico se apoderó de Liam.

–¿Y si te pidiera que te quedaras? Estabas contenta con tu trabajo y…

–No puedo seguir así, Liam –a Jenna se le quebró la voz al decir su nombre–. Esto está destrozándome.

–¿Y si te quedas, pero no como niñera? –Liam se aclaró la garganta e hizo acopio de valor–. ¿Y si te quedas… como mi esposa?

No había entrado en sus planes proponerle matrimonio, pero ahora que lo había hecho al sentirse acorralado tenía la impresión de haber hecho lo correcto. Jenna sería una buena madre para Bonnie y la tendría en su cama cada noche. Debería habérsele ocurrido antes.

Jenna enarcó las cejas.

–¿Y vivir el resto de mi vida de incógnito como Jenna Peters?

–No –Liam se irguió y añadió–: como Jenna Hawke.

–No puedo seguir viviendo una mentira el resto de mi vida –le espetó ella, llevándose una mano al estómago y la otra al pecho–. Estaría todo el tiempo preocupándome de que alguien me pudiera reconocer. ¿Y qué pasaría con mi familia? No sabrían nunca qué fue de mí.

–Si vuelves a tu país yo no podré ser parte de tu vida –le advirtió él.

–Lo sé –Jenna suspiró con resignación–. Me dejaste muy claro que para ti la gente que nace con dinero y privilegios pertenece a una especie distinta, una con la que no quieres tener trato alguno.

–No creerás que es eso lo que pienso de ti.

Después de todo lo que habían compartido…

–No, pero es así como piensas de mi familia, y de mi verdadera vida.

–Mira, Jenna, lo único que digo es que no voy a

someter a mi hija a llevar la vida de un miembro de la realeza, y es la vida de la que tú misma has huido.

Jenna asintió, como si hubiese esperado que dijera eso.

–Tienes razón, y eso significa que nos encontramos en un punto muerto. No puedo quedarme.

Liam se sentía derrotado. Jenna iba a marcharse, y no podía hacer nada para detenerla. Tragó saliva.

–Os echaré de menos a Meg y a ti –murmuró tomándola de la mano y entrelazando sus dedos con los de ella.

–Y nosotras a Bonnie y a ti –respondió Jenna entre lágrimas–. Si necesitas algo de mí te he dejado un número de móvil en tu mesilla de noche. Es de Kristen, una amiga que trabaja para la Casa Real, y quien me ayudó a venir a Estados Unidos.

Liam se inclinó para besarla en la mejilla, pero no pudo contenerse y la besó en los labios.

–Debo irme –murmuró ella cuando se separaron. Tu madre llegará en cualquier momento.

–Te acompañaré a la casa.

–No, por favor –le suplicó ella levantando una mano–. No creo que pudiera soportar despedirme de ti delante de otras personas.

Liam apenas podía hablar con el nudo que tenía en la garganta.

–Adiós, Jenna.

–Adiós, Liam –musitó ella, y se marchó.

Capítulo Once

–Míralo, ahí está.

–¡Menudo padre estás hecho!

Al oír la voz de sus hermanos, Dylan y Adam, Liam, que estaba sentado en el suelo del salón, junto a la mantita de juegos donde tenía tumbada a Bonnie, frunció el ceño y se volvió.

En las dos semanas que habían pasado desde la marcha de Jenna, había cumplido cada día con su rutina, una rutina solo rota por su pequeña Bonnie, la luz de su vida. Por eso en un domingo por la mañana, cuando podía estar tranquilo y a solas con su hijita, lo último que le apetecía era recibir visitas.

Con un suspiro se incorporó, levantó a Bonnie de la mantita y se volvió hacia ellos.

Adam le lanzó una mirada a Dylan.

–Ahora entiendo lo que me decías.

–¿El qué? –quiso saber Liam, irritado.

Dylan contrajo el rostro.

–Pues, para empezar, ese mal humor que tienes.

Adam se acercó a él y tomó a su sobrina en brazos.

–Y también que un padre debería al menos dar la impresión de disfrutar del tiempo que pasa con su hija.

Liam se cruzó de brazos. ¿Quiénes eran ellos para cuestionar sus dotes como padre?

–Estábamos muy a gusto hasta que habéis llegado vosotros.

–Bueno, cuando te hemos visto al entrar podrías habernos engañado, pero por la cara que tienes parece que hubieras perdido el amor de tu vida –dijo Dylan. Abrió mucho los ojos, como fingiendo inocencia, y añadió–: Ah, no, espera, es que has perdido al amor de tu vida.

Liam, que estaba empezando a enfadarse, les preguntó:

–¿Se puede saber a qué habéis venido?

–Queríamos saber cómo lo llevabas –dijo Adam en un tono preocupado–, lo de estar sin Jenna.

Dylan se cruzó de brazos como Liam.

–Y saber si vas a ir tras ella.

¿Ir tras ella? ¡Como si no lo hubiera pensado al menos un millón de veces!

–Estoy bien, gracias, y no voy a ir a ninguna parte.

Adam entornó los ojos.

–Pues entonces es que eres idiota.

–¡Eh! –protestó Liam. Ya estaban empezando a tocarle las narices.

–¿Sabes?, esta mañana he estado leyendo en Internet un periódico de Larsland, y había un artículo sobre nuestra princesa Jensine –le dijo Dylan.

Liam volvió a fruncir el ceño, pero su hermano siguió hablando como si tal cosa–. Y decía que había pasado un tiempo lejos de su país tras perder a su novio, un tal Alexander.

–No me interesa –mintió él.

–Y resulta que a su hija le han concedido el título de princesa. La princesa Margarethe. La gente de Larsland las ha recibido a los dos con los brazos abiertos –continuó Dylan–. Usé un traductor automático para leerlo, así que algunas frases sonaban a galimatías, pero básicamente eso era lo que decía.

Liam se sintió aliviado por ella, parecía que su familia se había mostrado comprensiva y que podría llevar la vida para la que había sido educada. Una vida que nada tenía que ver con la suya.

–Me alegra oír eso –dijo, intentando que su voz sonase calmada.

–¡Venga ya, Liam! No intentes negar que la quieres; todos lo vimos la noche de la fiesta. ¿Qué pasa, te intimida que sea una princesa?

–La puerta está por ahí –dijo Liam plantando las manos en las caderas y señalándoles el camino con un movimiento de cabeza.

Sus hermanos lo ignoraron.

–Tenías razón –le dijo Adam a Dylan–; está de un humor de perros.

–Me mintió –les espetó Liam, antes de poder contenerse–. No puedes construir un futuro cuando entre dos personas no hay confianza.

–Tuvo que hacerlo –le dijo Adam–. Cuando empezó a trabajar para ti no te conocía de nada; ¿esperabas que le contara un secreto así cuando lo único que sabía era que eras hermano de Dylan?

–Vamos, Liam –intervino este–, ¿a quién le importa que mintiera sobre su identidad o su familia? Es evidente que sentís algo el uno por el otro.

–Bonnie es mi prioridad –respondió Liam con cabezonería.

–Bonnie adora a Jenna y a Meg. Si quieres lo mejor para ella deberías hacer lo posible para que sigan siendo parte de su vida –apuntó Dylan.

–Por su condición Jenna tiene que vivir expuesta a la opinión pública –replicó Liam–. Ella misma huyó de esa clase de vida, y me niego a hacer que mi hija pase por eso –concluyó estremeciéndose. No podía imaginar nada peor que una vida encorsetada de cara a la galería.

–Mira, Liam, no existen las circunstancias perfectas –dijo Adam exasperado–. Lo que importa es que Jenna y tú os queréis y que podéis formar una familia feliz. ¿Qué más podrías pedirle a la vida?

Liam miró a sus hermanos, en parte irritado y en parte conmovido porque hubiesen ido allí para intentar sacarlo de su ostracismo. Y entonces, de repente, tuvo una revelación. El cariño que lo unía a sus hermanos era una de las cosas más importantes en su vida. Aunque Bonnie y Meg eran muy pequeñas todavía, era evidente que ya sentían apego la una hacia la otra, y que Bonnie veía en Jenna a una madre.

Sabía que Bonnie sería feliz con Jenna y Meg

en su vida. Y eso estaba por encima de que pudieran tener que hacer apariciones públicas o tratar con gente con la que él no tenía nada que ver. Solo restaba que decidiese qué quería él.

Quería a Jenna. La amaba y quería que formase parte de su vida. Tenía que aceptarla como era y lo que era, y lo que eso conllevaba, y estaba dispuesto a hacerlo. De pronto sintió que aquello era lo correcto.

—Muy bien, vosotros dos, marchaos —les dijo a sus hermanos, mientras tomaba a Bonnie de brazos de Adam.

—¡Eh!, ¿qué pasa, no puedo estar un rato con mi sobrina? —protestó Adam.

—Si queréis quedaros será para ayudar, y sin comentarios. Uno de vosotros puede sacarme un billete de avión para Larsland. El otro que vaya a buscar a Katherine; tengo que hacer unos cuantos preparativos antes de irme.

Sus hermanos se sonrieron satisfechos antes de ponerse en marcha, y Liam sintió una punzada de nervios en el estómago.

Con su hija en brazos y el corazón latiéndole como un loco, Liam entró en el salón del trono, y avanzó hacia el hombre y la mujer sentados al fondo, en dos suntuosas sillas con brazos frente a una enorme cortina de terciopelo rojo con bordados en oro.

Había hecho uso del número de móvil que Jenna le había dejado, y su amiga Kristen lo había ayudado a conseguir una audiencia con la reina y su esposo.

–Señor Hawke –lo saludó la reina sin levantarse–, es un placer conocerlo.

–El placer es mío, majestades –contestó él.

El padre de Jenna resopló y le dijo:

–No tenemos mucho tiempo. Hemos tenido que retrasar una reunión para concederle unos minutos, así que será mejor que vaya directo al grano.

–La princesa Jensine y su hija estuvieron viviendo en mi casa parte del tiempo que estuvieron en Estados Unidos –comenzó a explicarse.

La reina enarcó una ceja.

–Sabemos quién es usted, señor Hawke.

Claro. Por supuesto que lo sabían. ¿Pero qué sabían de él? ¿Le habrían dicho a Jenna que estaba allí? El corazón le palpitó con fuerza. Tragó saliva.

–He venido a solicitar su consentimiento para pedirle matrimonio a su hija.

La reina ni pestañeó.

–Mi esposo y yo les agradecemos a su hermano y a usted la ayuda que le han prestado a nuestra hija durante su estancia en los Estados Unidos, pero no podemos darle nuestro consentimiento.

A Liam se le cayó el mundo a los pies, pero se irguió, negándose a darse por vencido. Solo aceptaría un no por respuesta de Jenna.

***

Jenna, oculta tras la cortina con Meg apoyada en la cadera, escuchaba con el corazón en vilo. Su madre le había preguntado si quería estar presente durante la audiencia con Liam, pero él le había dicho a Kristen que quería hablar con sus padres, y había aceptado la sugerencia de su padre de escuchar tras la cortina.

Cuando Liam les pidió su consentimiento para proponerle matrimonio formalmente, tuvo que taparse la boca con la mano para ahogar un gemido de sorpresa. ¿Lo habría dicho en serio?

Liam se aclaró la garganta.

–¿Podría preguntarles por qué se niegan a darme su consentimiento?

–Cuando Jenna regresó nos lo contó todo –dijo su padre.

Había decidido que no quería que hubiese más secretos. Sus padres, que habían estado muy preocupados por ella y se habían culpado por su huida por lo estrictos que habían sido, la habían recibido con los brazos abiertos y se habían mostrado encantados al descubrir que habían tenido una nieta.

Habían convocado una reunión familiar con sus hermanos y ella por primera vez, y les habían pedido que hablaran abiertamente de la clase de vida que cada uno deseaba. No podían acomodarse a todos sus deseos, naturalmente, pero el que al menos les hubiesen escuchado hizo que sus hermanos y ella se sintiesen más cómodos con el deber de servir a su pueblo.

–Y cuando le preguntamos si quería casarse con usted –continuó diciendo su padre–, Jenna nos dijo que no.

–¿Eso dijo? –inquirió Liam con voz ronca.

–Eso dijo –confirmó su madre–, de modo que no, no cuenta usted con nuestro consentimiento.

Liam se quedó callado un momento.

–Pues lo siento –les dijo finalmente–, pero deben saber que no voy a darme por vencido. No a menos que Jenna me lo diga en persona.

Jenna no pudo seguir escondida por más tiempo, y salió de detrás de la cortina con Meg.

–¡Jenna! –exclamó él al verla.

Ella se humedeció los labios e hizo acopio de valor para preguntarle:

–¿Por qué has cambiado de opinión de repente y ahora sí quieres casarte conmigo?

–Jenna, Meg y tú os habéis convertido en parte de mi vida –le dijo él, con una profunda emoción en los ojos–. Os quiero a las dos.

–Mis padres quieren que continúe representando a la Casa Real en actos públicos –le dijo Jenna. Están haciéndose mayores y quieren delegar en sus hijos–. ¿Sigue en pie tu proposición de matrimonio después de oír eso? Si nos casáramos tendrías que asistir a actos conmigo y cumplir con la etiqueta y las formalidades. ¿No era esa la clase de vida que decías que nunca querrías llevar? –le preguntó levantando la barbilla.

Liam tragó saliva, pero no vaciló.

–Donde tú vayas, iré yo. Cuando os fuisteis me

di cuenta de que la familia es la familia, ya sea humilde o de sangre azul. Y Meg y tú formáis parte de nuestra familia.

Jenna dio un paso hacia él.

–¿Harías eso por mí?

–Sin dudarlo –respondió él, dando también un paso hacia ella.

Los ojos de Jenna se llenaron de lágrimas, y se le hizo un nudo de emoción en la garganta.

–Sé que no será fácil –continuó Liam–, porque tendremos que negociar con mi familia, y con la tuya, y con los abuelos maternos de Bonnie para encontrar un equilibrio entre nuestras obligaciones para con ellos y la vida que nosotros decidamos que queremos llevar, pero creo que cuando hay amor y buena voluntad todo es posible.

Jenna miró a sus padres, que habían estado escuchando la conversación con una sonrisa indulgente. Los dos asintieron, dando su consentimiento.

Liam tomó la mano de Jenna y se la apretó con suavidad.

–Si te casas conmigo, te prometo que haré todo cuanto esté en mi mano para asegurarme de que nunca te arrepentirás de esa decisión.

El corazón de Jenna rebosaba de amor por él, y una lágrima y tras otra rodaron por sus mejillas.

–No tienes que hacer nada; solo querernos.

Liam tuvo que aclararse un par de veces la garganta antes de poder responder.

–Os doy la palabra de que os querré, a Meg, a Bonnie y a ti hasta el día en que me muera.

Los padres de Jenna se levantaron y fueron junto a ellos.

–Me alegro mucho por ti –le dijo a Jenna su madre en su lengua nativa–. No hay duda de que este hombre es el adecuado para ti, ni de que será un gran padre para Meg.

–Bienvenido a la familia, hijo –dijo su padre, dándole una palmada a Liam en la espalda antes de tomar a Meg en brazos–. Puede que te cueste un poco hacerte a nuestra familia, pero estoy seguro de que con la ayuda de Jenna lo conseguirás. Y por supuesto también contarás con la nuestra.

La reina tomó a Bonnie de los brazos de Liam, y le dijo a su marido con una sonrisa:

–Parece que tenemos otra nieta.

El padre de Jenna besó a su esposa en la sien.

–Estamos de suerte.

Cuando se alejaron con las dos pequeñas para darles un poco de intimidad, Jenna miró a los ojos a Liam, le puso una mano en la mejilla con suavidad y le dijo:

–No puedo creerme que estés aquí. He soñado con esto tantas veces desde que volví que todavía no me parece real.

Liam esbozó una sonrisa muy sexy que la hizo derretirse por dentro.

–Pues no solo estoy aquí, sino que no me voy a ninguna parte. A menos que sea contigo.

Le acarició el pelo con ambas manos, y cuando

se inclinó para besarla, Jenna respondió con fervor.

—A partir de ahora somos un equipo —susurró Liam contra sus labios—. Bonnie, Meg, tú y yo. Una familia.

Jenna sonrió, y se puso de puntillas para besarlo de nuevo. Serían un gran equipo.

Deseo

PASIÓN INCONTROLABLE

OLIVIA GATES

La extremada sensualidad del jeque Numair Al Aswad impactó a la princesa Jenan Aal Ghamdi. Él consiguió rescatarla de un matrimonio concertado y por ello recibió una recompensa asombrosa: ¡un heredero!

Numair provenía de un pasado oscuro y buscaba venganza. Además quería reclamar su trono. Jenan era vital para sus planes, pero su fría y calculadora estrategia se derritió bajo el ardor de la pasión que compartían.

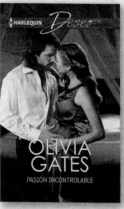

Entonces tuvo que elegir entre las ambiciones de toda una vida o la mujer que albergaba a su hijo en el vientre.

Amor a primera vista

¡YA EN TU PUNTO DE VENTA!

Acepte 2 de nuestras mejores novelas de amor GRATIS

¡Y reciba un regalo sorpresa!

Oferta especial de tiempo limitado

Rellene el cupón y envíelo a
Harlequin Reader Service®
3010 Walden Ave.
P.O. Box 1867
Buffalo, N.Y. 14240-1867

¡Si! Por favor, envíenme 2 novelas de amor de Harlequin (1 Bianca® y 1 Deseo®) gratis, más el regalo sorpresa. Luego remítanme 4 novelas nuevas todos los meses, las cuales recibiré mucho antes de que aparezcan en librerías, y factúrenme al bajo precio de $3,24 cada una, más $0,25 por envío e impuesto de ventas, si corresponde*. Este es el precio total, y es un ahorro de casi el 20% sobre el precio de portada. ¡Una oferta excelente! Entiendo que el hecho de aceptar estos libros y el regalo no me obliga en forma alguna a la compra de libros adicionales. Y también que puedo devolver cualquier envío y cancelar en cualquier momento. Aún si decido no comprar ningún otro libro de Harlequin, los 2 libros gratis y el regalo sorpresa son míos para siempre.

416 LBN DU7N

Nombre y apellido	(Por favor, letra de molde)

Dirección	Apartamento No.	

Ciudad	Estado	Zona postal

Esta oferta se limita a un pedido por hogar y no está disponible para los subscriptores actuales de Deseo® y Bianca®.
*Los términos y precios quedan sujetos a cambios sin aviso previo.
Impuestos de ventas aplican en N.Y.

SPN-03

CLÁUSULA DE AMOR

LAUREN CANAN

Debido a una escritura de dos-
cientos años de antigüedad,
Shea Hardin, encargada de un
rancho de Texas, debía casarse
con el rico propietario de la tierra, Alec Morreston, para salvar
su hogar. Accedió y juró que
aquel matrimonio lo sería solo
sobre el papel.

Pero había subestimado a aquel
hombre. Una mirada al cortés
multimillonario bastó para que
Shea supiera que mantenerse
alejada de la cama de Alec iba a
ser el mayor reto de su vida. Sus labios ávidos y sus ex-
pertas caricias podían sellar el trato y su destino.

¿Le arrebataría el corazón y la tierra?

[5]

¡YA EN TU PUNTO DE VENTA!